文庫

ほろよい味の旅

田中小実昌

中央公論新社

目次

味な話

酔虎伝

ほろよい味の旅

味な話

北のサカナ

神戸の国鉄垂水《たるみ》駅のそばの炉ばた焼「百番」で飲んだが、女性の客がおおいのにおどろいた。ほとんどがカップルの客で、女性どうしでテーブルをかこんでるのもいる。たべるものの品数がおおく、安いので、女性客がおおいときいた。

垂水は神戸の浜（海）側のいちばん西の区だ。その北に西区がある。明石は神戸のおとなりの市だが、明石駅前からでて、北のほうにいくバスは、たいてい神戸の西区にはいる。ここに神戸市営のワイン城などがある。神戸はれいのポートピアもそうだが、商売がうまい市で、神戸市株式会社などとよばれてるそうだ。

炉ばた焼は北海道ではじまった。釧路には「炉端焼」という古い店がある。そういう店の名前で、ほかに屋号はない。この店が炉ばた焼では、北海道でもいちばんの元祖ではないかという。だが、なにがいちばん古い、元祖だという議論には、ぼくはくわわらないことにしている。こんなのは、まったくアテにならない。

釧路の「炉端焼」では、おばあさんが座ブトンにちょこんとすわって、魚を焼いてるのがおかしかった。

炉ばた焼が北海道にしかないころは素朴なもので、広い土間のなかに、かんかん炭火が燃えてる大きな炉があって、生干しで壁にぶらさげてる魚を焼いてくれたりした。いまみたいに品数はおおくなく、だいたい魚ばかりだったが、魚が大きいのにヨワった。

ぼくはちょこちょこたべて飲むのが好きだ。それが、大きなホッケなどが、どかーんと皿にのってくると、ほんとにため息がでる。

だから、北海道の炉ばた焼にいくと、北の魚のうちではちいさなメンメを焼いてもらった。メンメはタイ（鯛）に似た魚で、うっすらあぶらがのった身は、ほろほろおいしい。メンメはキンキとも言ったかな。

北の魚には、西のほうや南の魚にはない味がある。だから西の魚に口慣れたひとたちは、ちょっとこまった味におもったりする。北のひとたちがよろこぶニシンも、西のひとたちには、イワシに似て、イワシとはちがうかたちと味で、きみわるがったりする。

ぼくは瀬戸内海のもと軍港町呉《くれ》でそだった。東北のひとからうちにサンマの干物が送ってきたりすると、近所のひとがサンマを見にきて、「いなげなサカナじゃのう」

と言った。おかしな魚ってことだ。いまでは西のほうのひともサンマは見慣れてるが、はじめて見たひとは、穴子が魚になったみたいで、きみょうな気持ちだったにちがいない。

　北の海のもので、いちばん強烈な味はホヤ（海鞘）だろう。東北や北海道に転勤になったひとは転勤の歓迎会でホヤをたべさせられて、みんな泣く。泣かなかったひとは、ま、いないだろう。ところが、一年か二年かたつうちに、ホヤがおいしくなってくる。ただし、これはノンベエだけで、飲まないひとはホヤがたべられないまま、また転勤ってことになる。

　ホヤはすがたもグロテスクだ。赤みがかって、ときにはむらさきもまじったような色で三角帽子みたいなかたちで、それにぶつぶつイボができている。英語では海《シー》のパイナップルという。ついでだが、海の胡瓜《シー・キューカンバー》はナマコ。

　ホヤは北のほうにいくほど、ピンクの色があざやかで濃くなる。北海道の根室あたりのホヤはサーモン・ピンクに近い色だ。それが西（南）に下るにつれて色がうすれ、仙台湾あたりでは、ほとんど砂色だ。

　そして、このあたりでホヤは南限になるのではないか。サンマにおどろいた西のひとたちがホヤを見たら、赤いイボ蛙が海のなかにいる、とたまげたのではないか。

ところが、日本海側は、本州の西のはしの山口県あたりでも、かたちはちいさいがホヤがとれることがあるのではないか。日本海側と太平洋岸や瀬戸内海では、魚の色やかたちがずいぶんちがう。そして、日本海側には北の魚がずっと広くいるようだ。たとえばアンコウ（鮟鱇）なども、水戸あたりのアンコウ鍋は有名でも、箱根はこえないと言われてるけど、山陰でもアンコウを見かける。タラ（鱈）の種類もそうだ。

神戸の垂水の炉ばた焼で飲んだ翌日は、おとなりの明石の「魚《うお》の棚《たな》」の市場にいった。この市場は安い。そして魚の活きがいい。明石の鯛は昔から有名だが、魚屋の盤台の上でぴんぴんはねている。

ちょうどイカナゴのクギ煮をつくるころだ。魚の棚の市場でも、ビニール袋にはいった一キロのイカナゴが魚屋の店さきにならんでる。これを買ってきて、それぞれの家でクギ煮をつくる。明石のクギ煮はこれまた有名だが、ぼくの口にはすこし甘い。しかし、うちで煮るんだから、ノンベエの口にあうように、からめにすればいい。クギ煮って釘をいれて煮るのかとおもったら、醬油で煮たイカナゴが折れて釘みたいになるからだそうだ。

馬鈴薯

札幌にお住いのムツの御両親から、またまた、馬鈴薯《ばれいしょ》をいただいた。ムツなどと、よそさまのお嬢さんのことを、かってに言ってごめんなさい。ムツは、うちの上の娘の中学のときの友だちなのだ。ふたりとも、とっくに大学を出て、ムツは結婚し、お子さんもいる。

じつは、さっき（午前十一時ごろ）下の娘がおきてきたので、ムツのことをきいた。すると、上の娘がムツのところにたずねていって泊った翌朝、ムツのお子さんが赤い帽子をかぶって、「火事だ！　みんな、おきなさい」とおこしてまわったんだって、と下の娘は言った。赤い帽子は消防士の帽子なのだそうだ。下の娘は、こうも言った。

「子供はニンゲンの本性をあらわしてるのね。早寝、早おき、お風呂がきらい」

「へえ、ニンゲンの本性は、お風呂がきらいなのか」

ぼくはわらった。下の娘もぼくも風呂は好きで、毎日、風呂にはいる。

「そうよ。温泉にはいりにくる猿がいるってことだけど、ああいう猿はどうなってるのかしら。ニンゲンは、ほんとは、お風呂はきらいよ」

ムツのご両親には、まだ馬鈴薯のお礼も書いてないが、ぼくは馬鈴薯が大好きだ。北海道の馬鈴薯がとくにおいしいことは、だれでもが言うことだけど、ほんとにおいしく、たべるたびに、びっくりする。ふしぎな気持ちでもある。

ぼくはノンベエだが、馬鈴薯とタマゴが好きだ。ぼくは広島県のもとの軍港町呉のそだちだけど、ぼくのうちでは、よく馬鈴薯をたべた。父がアメリカに十年以上もいて、馬鈴薯が好きになったのだろう。馬鈴薯のタネイモ（？）を北海道に注文していた。タネイモは灰のなかにいれて、うちの畑にうえた（あれは、うえるっていうのかな）。

下の娘がおきてくるまえ、ぼくは、ムツの御両親が送ってくださった北海道の馬鈴薯の肉ジャガと、やはり馬鈴薯のはいったスープを、ひとりでたべた。上の娘はアパートに住んでおり、女房は、朝はやく山にいった。今夜は、女房はどこかで泊るらしい。下の娘が夕食をつくり、ぼくは、それで飲むわけだが、馬鈴薯とタマゴがでてくることはまちがいない。

さて、北海道の方はお気づきだろうか。馬鈴薯はちゃんとした共通語だが、じつは、北海道のコトバでもあるのだ。昨年、帯広にいったとき、空港からのバスのなかで、となりの席にいた若い女性が、あれは馬鈴薯で……とゆびをさしておしえてくれ、ぼくは、ほう、とおもった。

前には、たとえば教科書などには、馬鈴薯と書いてあった。しかし、今では、ふつうのはなし言葉では、たいてい、ジャガイモという。ところが、帯広空港からのバス以来、気をつけてきいてると、北海道では、ふつうの会話でも、馬鈴薯といってるようなのだ。


うちの下の娘は、北海道が好きだそうで、なん回も北海道にいっている。ぼくといっしょに、釧路、根室、ノサップ岬にもいき、ぼくと別れたあと、娘はひとりで北海道をまわった。

この七月も、下の娘は、うちの女房と女房の妹ふたり、つまり母親と叔母さんふたりのガイドをして、九泊十日の北海道の旅をしたあと、娘は、もう十日ほど北海道にいた。

下の娘は、真冬の北海道にもいたことがあるが、七月、初夏の北海道ははじめてだったという。今までは、そのころは、学校が試験でいけなかったそうだ。

しかし、大学も卒業し、就職し、一年たって、七月の北海道にいきたいこともあって、会社をやめた。でも、母親や叔母さんたちの面倒を見ながら、北海道旅行をするとは感心なことだとおもうが、ほかに、なにか考えがあったのか。

ぼくと釧路、根室にいったときも、下の娘は飛行機代や宿泊代などを母親から借り、その借金は、なぜか、ぼくがかえすという、ふしぎなことになっていた。

去年の二月、三月も、娘はヨーロッパからニューヨークにいき、サンフランシスコで、ぼくが滞在するホテルに泊り、ハワイ経由でかえってきた。

また、あと十日ぐらいで、まず、シベリヤにいき、シベリヤ鉄道にのり、ヨーロッパにはいり、やはり、ニューヨークで知人をたずね、カナダを列車でよこぎって、アメリカの西海岸にでるという。

近ごろの女のコはよく旅行するというけど、そんな金が、どこからでるのだろう。娘は会社の退職金なんかももらっていない。

はなしがそれたが、この七月、下の娘は奥尻島にいったそうだ。瀬棚町《せたなちょう》から船で二時間ばかりで、船のなかで、すこし気持ちがわるくなったという。船酔いでなく、瀬棚町の民家で、朝、ゴハンに納豆と生タマゴをかけてたべたが、食欲がなく、ゴハンがちょっぴりで、つまり、納豆と生タマゴを、ずるずるのみこんだ、それがいけなかったらしい、と娘が言った。奥尻島にいったというのに、はなしはそれだけで、おかしなものだ。

札幌で、母親や叔母ふたりと別れた日、せっかく、北海道そして札幌にきているのに、まだラーメンをたべていない、だから、ラーメンをたべよう、と叔母ふたりが言うのに、姉のうちの女房が、いや、お鮨がたべたい、とがんばり、ススキ野のお鮨屋さんにいったのだそうだ。そして、そのお鮨屋の職人さんが、下の娘に、ぜひ奥尻島にいきなさい、あそこは魚がうまい、貝がうまい、と魚や貝の名前をずらずらならべたという。そのずらずらの魚や貝の名前を、下の娘にきけばいいのだが、午前十一時二十分現在（これを書きだしたときから二日たっている）娘はまだ寝ている。うちでは寝てる者は、おこさないことにしている。ところが、昨夜、女房が山からかえってきて、さっき十時ごろ、犬をけしかけて、ぼくをおこした。

ぼくは二階で寝ているが、女房は、雑種のわりと大きな犬を、庭から家のなかにいれ、階段をおいあげ、ぼくの部屋の戸をあけると、犬は、寝ているぼくにとびかかり、顔を爪でひっかいた。

「もう十時よ。おきなさい」

女房はどなる。寝ているぼくに犬をけしかけるのは、いつものことで、おかげで、ぼくは生傷がたえない。

猫もいたが、交通事故で死んじまった。帯広の郊外の牧場で、白に黒いぶちの牛の親子が陽なたに寝そべってるのを、バスの窓から見つけ、連れの女のコに、「おい、見ろ。牛の親子だ」と言ったら、そのコがふきだした。

「なにが、おかしい」

「だって、コミ、あのちいさいほうは猫よ」

「ありゃ……ほんと、猫だ。大きな猫だなあ」

「いくら大きな猫でも、子牛とまちがえるなんて……」とそのコはあきれてた。

「でも、なんで、牛と猫がくっついて寝てるんだろう」

ほろよい飛騨日記

高山駅からまっすぐの有楽町《うらまち》の「樽平《たるへい》」で、地酒の久寿玉《くすだま》を、これも土地の渋草焼《しぶくさ》の二合徳利で飲む。

「樽平」は古びた昔がのこっているような飲屋さん。かざりつけた民芸調みたいでないのがいい。

まず、蜂の子とニンジンの新芽のおひたしがでる。飛驒は山が深い。蜂の子は山国の名物だ。土のなかにいる地蜂の子を掘ってくるのだという。ニンジン葉のおひたしは、これしかない独特の風味。

つづいて、ジャガイモのエゴマ和えがでた。ジャガイモがとろとろになっている。僕はイモ好きだけど、こいつはとくべつおいしい。昨夜は、おなじ高山の「きのえね」という飲屋が飲みはじめ、たべはじめだったが、やはり、お通しにふろふき大根とコンニャクにエゴマをとろっとかけたのがでた。エゴマはゴマをどうやってつくるのか、これも飛驒だけのとくべつのものか。

チャバチメを焼いてもらう。日本海でとれる魚だが、ぼくははじめてたべた。長さは十二、三センチほどか。生きているのを塩焼きにして、それこそ活きがいいためか、焼いてるうちに、身が弾《は》じけてきて、白い身がしまりよく歯にさわる。

高山にきて、さいしょの日、さいしょの夜はたいして寒くないとおもったが、つぎの日、そしてこの夜もしんしんと冷えてきた。ちょっと味の濃い地酒の燗《かん》をしたのが、からだにしみいるようだ。

大根とイカの煮もの。ニンジンの煮たのがひときれ上にのっかっている。東京ではたべられないものだ。焼きナスは、ナスのお腹《なか》のまんなかに味噌がはいっていた。飛騨は朴《ほお》の葉にのせて炭火で焼く朴葉味噌が有名で、酒のサカナにもいいが、ご飯にも朴葉味噌はおいしい。そういった味噌なのだろう。砂糖などはぜんぜんはいっていない味噌だそうで、酒飲みにはむいてる味噌の焼きナスだ。

この日は、まず、高山の古い町並みを保存している上三之町《かみさんのまち》の原田酒造にいった。ここは「山車《さんしゃ》」というお酒をつくっている。近ごろは清酒の辛口ブームというけれど、辛口と甘口は数字ででるはずなのに、前後にたべたものや、そのほかいろんなことから、甘口の酒のほうが、辛口の酒より辛口におもえることがある、と酒造りの本場での、実際にお酒をつくってるひとのおはなしをうかがい、なるほど、と感心した。

それからバスにのり、高山から三十分、バスは宮川にそってはしったりして、古川《ふるかわ》町《ちょう》につき、方村《かたむら》一之町の蒲《かば》酒造をたずねた。ここは「白真弓《しらまゆみ》」「やんちゃ酒」などをだしている。蒲茂太郎社長の案内とご説明で、酒の米を糖化しているモロミを見たりした。白い泡がむくむくとふくらむので、たえずモロミをかきまわしてる。昔は、ひとの手でかきまわしたそうで、一晩中、三十分おきぐらいにやったらしい。蒲社長は二メートル半くらいの長い竹の柄《え》のついたお玉杓子《たまじゃくし》でモロミをくみあげ、ぼくは飲んでみたが、甘くておいしい。仕込んでから十六日目とかで、舌にお米のつぶつぶはさわるけど、もうかなり発酵がすすんでるのを、やはり長い柄のお玉杓子でくみあげてもらい、いただいたが、ほとんど酒の味で酔ってしまった。

濃い紺の渦巻の模様がついた利き酒の茶碗で、利き酒のしかたをおそわる。舌のなかで、利き酒の酒をころがす、というやりかたを真似をしたがうまくいかず、まいど飲みこんでしまい、また酔っぱらう。

おなじ古川町の渡辺酒造もたずねて、渡辺久雄社長に、五十パーセントも精白して、はんぶんの大きさになった米に米コウジをいれて、あったかい温度の部屋で寝かしてあるところなどを見せてもらう。しかし、そのほかでは、飛騨地方の寒い気候が酒造りにはむいてるらしい。ここのお酒「蓬萊《ほうらい》」は、高山線のあちこちに看板がたっていた。

古川町では、手造りの和蠟燭の三島武雄さんと息子さんをたずね、ローソクつくりを見せてもらいながら、おはなしをうかがった。蠟を流しこんでつくる大量生産の西洋ローソクとはちがい、なんと手間をかけて一本の蠟燭ができあがることか。

高山は朝日町《あさひちょう》に飲屋やスナックがたくさんある。でも北国の冬だし、いくらかさみしい飲屋の通りだとおもったら、夜中の十二時すぎに、ひとがたくさんあるいてるではないか。飛騨のひとたちはハシゴ好きなのだそうで、こちらのバーからあちらのスナックへとうつってあるく。パブ「すみれ」では、ソフトボールの女性のチームがさかんにカラオケのマイクをにぎっていたし、花川町《はなかわまち》の「タンボ」でも、たいへんな数のひとたちが夜中にはいってきた。

飛騨の和牛の霜降りの肉、ひとつの肉がステーキのように大きなジャンボのシシカバブ。ふんわりした山芋のお好み焼。赤かぶの漬物。飛騨は夜がふけるとともに寒さはきびしく、ところが、いよいよはなやいでいく。

広島の小イワシ

広島の繁華街の流川《ながれかわ》で、小イワシの刺身と煮つけを食べた。「魚舞亭」という店だ。うまいでぇ、と読む。広島弁の店の名前。

どこでも小イワシしか刺身にしない。大きなイワシの刺身はお目にかかったことがない。しかし、長さ十センチぐらいの小イワシで、それを片側ずつ骨からはなして、くるくる巻いてたべることもある。

ところが、この夜たべた小イワシは、ちょうどはんぶんぐらいの長さ、五センチほどの、ほんとに小イワシだった。こんなのは、はじめて見た。ちまちまっとして、だから、味もこってるというのではない。酒のサカナに、なにかちょいとたべるのをあそんでるような気になる。また、ちいさいのを煮つけたのが、皿のなかできちんとならんでいて、それにサンショウの葉がそえてある。こういう小イワシは、この地方だけのものではないか。

広島からディーゼルカーで四十分ぐらいの、もとの軍港町呉で、ぼくはそだった。夏は毎日のように狩留賀《かるが》、天応《てんのう》といった広島との途中の浜におよぎにいった。遠浅の浜でアサリも掘ったし、海の表面のあちこちでサヨリがおよいでおり、伝馬船などからサヨリの群れのなかにとびこんでつかまえようとしたが、いっぺんも成功したことはなかった。

広島では、翌日、呉の中学で同級生だった藤原一郎に、「八雲」という大きな料理屋でごちそうになった。藤原一郎は歯医者だ。まず枝豆、カレイの生ちり、豚の角煮、小イワシの刺身、カレイの唐揚げ、白魚の紫蘇《しそ》揚げ、レンコンのはさみ揚げ。岩国のレンコンだそうだ。ふつうのレンコンは穴が八つだが、岩国のレンコンは穴が九つで、とくべつおいしいという。

それに河豚《ふぐ》の唐揚げ。骨つきの河豚を唐揚げにしたもので、戦後もだいぶたってから、この料理はあらわれた。これも、はじめてたべたのは広島で、藤原一郎がごちそうしてくれた。河豚はなかなかからっと揚がらなくて、板前さんが苦労したのだそうだ。

あ、前夜、「魚舞亭《うまいでぇ》」で皮ハギの薄造りもたべた。河豚の刺身とおなじように、うすく身がきってあって、はんぶん身が透きとおり、それをのせた皿の模様が透いて見える。ぼくは皮ハギが好きで、外国でも皮ハギを料理させてたべる。皮ハギの英語の名前はレザージャケット。革のジャケット。よく感じがでている。

呉にもいき、朝日町の「千鳥」で飲んだ。朝日町は町の中心ではない。もとは遊廓があったところで、うすぐらい。もうずっとまえから、「千鳥」で飲んでる。サヨリの一夜干し。うんと寒い夜に干したのがおいしいそうだ。サヨリの一夜干しの煮たのもとくべつな味だった。サヨリは焼いてばかりたべていて、煮たサヨリははじめてだ。季節のものとして芹《せり》の胡麻和え。「千福《せんぷく》」は呉の地酒だ。ほかに「一勝」や「清龍」。

ぼくが子供のころ、冬になると、魚屋のよこに小屋掛けみたいにして、広島名物の牡蠣《かき》を割っていた。みんな女のひとたちで、一日じゅう、牡蠣をコンコンと割っていた。

呉は人口のおおい町で、市場もあちこちにあり、そんなところは魚屋もなん軒もならんでいて、あっちでコンコン、こっちでコンコンコン、と牡蠣を割っている。みんな道路に面してすわっていて、吹きっさらしだ。女のひとたちはゴム手袋をしてないひともいて、手がまっ赤にシモヤケになっていた。女のひとたちと言っても、子供のぼくにはそう見えたが、若い娘たちだったのかもしれない。

そして、よこの魚屋の盤台では、小エビがみんな生きていて、高くはねていた。「千鳥」では鯛の刺身もたべた。明石の「魚の棚」の市場にもよくいき、有名な明石の鯛も買ってくるが、広島の鯛もおいしい。このあたりの海でしか見かけないチヌ（黒鯛ではない）の味も、その色のように淡泊だ。

かつお菜・雑煮モチ

ぼくは広島県のもとの軍港町呉でそだったが、呉のお雑煮のモチは、西日本はたいていそうだが丸モチだった。暮れになると、モチ米を蒸すカマドから臼《うす》などをかついで、各家ごとにモチをついてまわるオジさんたちがいた。カマドに火がもえてるままかついでいくのがおもしろかった。九州の飯塚そだちのうちの女房のコドモのころは、このオジさんたちをツコツコさんと言ったという。

正月の雑煮は、母と妹はお湯で煮るモチで、父とぼくは金網で焼いたモチだった。母は九州の日田《ひた》の生まれそだちで、雑煮にはいつもトリの肉がはいっていた。おかしいのは、いまでも、うちでは女房がお湯で煮るモチで、ぼくと娘たちは焼いたモチだ。

うちの雑煮は博多ふうなのか、じつにたくさんのものがはいっている。二十種類以上もはいってたことがあり、欠かせないのはブリとトリ肉のようだ。それに、かつお菜をいれる。かつお菜は九州の北のほうの独特のものでうちでは種をおくってもらって、庭でつくっている。

うちでは正月らしいことは、なんにもやらない。とうとう雑煮もストップした。十年ぐらいまえ、「朝は忙しいので、雑煮はナシと決定!」と宣言された。

しかし、くりかえすが、うちでは、お正月の元旦でも、ふだんの日とかわりはない。だから、女房も元旦という言葉はつかわなかったのだろう。ともかく、雑煮が大好きなぼくはなさけなかった。でも、もちろん女房の決定したことには文句は言えない。

そのぼくの顔つきを見て、女房はほほえんだ。

「お正月にお雑煮をたべなきゃいけないって理由はないでしょ。一年中いつだって、お雑煮がたべたいときに、お雑煮をたべればいいじゃないの」

それで、お正月以外にお雑煮がでてきたかって? とんでもない。お正月に雑煮をこしらえないで、ほかの日に雑煮をつくりますか。

しかし、雑煮が姿を消すまえのわが家の雑煮は、なかなかよかった。女房は九州の福岡でそだった。福岡ふうの雑煮というのだろうか、いろんなものがたっぷりとはいっていた。

まず、ブリ（鰤）とトリがはいっている。九州ではもとは鮭はなくて、ブリを尊重した。季節は寒ブリの旬《しゅん》。寒ブリはとくにおいしい。また、トリは水炊き、トリ飯など博多の名物だ。ダシをとるのには、これも名物の焼きアゴをつかう。アゴはトビ魚。小ぶりのトビ魚を干したもので、やさしい味がする。ぜいたくなものだ。

そしてモチをいれ、雑煮ができあがるまえに、さっとかつお菜をくわえる。かつお菜はグリーンが濃い葉の京菜に似た菜だが、そんなに大きくはない。福岡のあたりだと、あれだけいろんなものを雑煮にいれながら、このかつお菜がないと、雑煮をたべたような気がしないという。アゴといい、かつお菜にしてもぜいたくなものだ。

しかし、かつお菜は東京にはない。それで、うちでは福岡からかつお菜の種をとりよせ、庭でかつお菜をつくり、お正月の雑煮にいれていた。雑煮のかつお菜はちょっぴりほろにがく、福岡あたりのひとは、それがたまらないらしい。

いまでも、うちの庭にはかつお菜がある。でも、雑煮はなくなってしまった。かつお菜は漬物にすると、雑煮のあのほろにがさがきえて、ぴりっとからい。これもうまい。

というわけで、うちにはお正月らしいものはなにもないが、年賀状はくる。ぼくは、年内には年賀状は書かず、お正月にやってきた年賀状のいわば返事を書く。わりとせっせと書く。

お正月は映画館も混むし、試写もない。かといって仕事をする気にもなれない。だからヒマで退屈かというと、年賀状の返事を書くので、四日や五日は、けっこういそがしい。また、年賀状の返事は、年々ふえている。

鴨川の桟敷のハモ

夏座布団の下を、さらさら水が流れる。鴨川のこのあたりは、川のなかに川があって、河原をへだてて、桟敷の下を水が流れている。町のなかの川なのに、水はきれいに澄んで、あかるく屈託がない。

四条大橋の近くのお料理屋。店のうしろが桟敷になって、鴨川の流れの上につきでている。八月十六日が、京名物の大文字山の大文字焼きだけど、この桟敷からは、まんまえにみごとに見えることだろう。

この桟敷でたべた、これも京都の夏の名物のハモ（鱧）の蒸焼き、なんともおだやかな味だった。酒でいうならば、ぬるめの燗。熱燗なんてのは車夫馬丁が飲むもの。おっとりおだやかな、人肌ていどの旦那の酒、お殿様の酒の味。ぴりりとした味、刺激的な味ではない。まるで味がないような味。

このときは、詩人の金子光晴先生といっしょで、伏見の稲垣足穂先生をたずねた。おふたりともとびきり自由なおじいさんだった。

ひりひり趣味

庭でつくっているかつお菜も、そろそろおわりになってきた。だいいち、茎がひょろ長くのび、そのさきにきいろい菜の花が咲き、それもしおれてきている。

しかし、かつお菜でも菜の花が咲くとはおどろいた。よこの小松菜も菜の花が咲いている。

「パパ、白菜だって菜の花になるのよ」

下の娘がぼくの無知をわらった。だったら、菜の花というのはいったいなになのだ？　かつお菜は、女房が九州から種をとりよせてつくった。女房は九州そだちでほろにがいかつお菜の味がなつかしかったのだろう。

女房のほうの親戚で九州大学の農学部を出た男がいて、近所の畑をかりてつくっているという大根などを、その奥さんが、ときどき、うちにもってきた。

ところが、その大根がなんともチンケなんだな。せいぜい二センチぐらいの直径で、長さも、ひょろりと十センチていど。

八百屋で売っている大根にくらべると、どじょうとうなぎぐらいの差がある。

農学部出といえば専門家だろうに、なさけないもんだ。いや、九州大学の農学部というのはダメなのか、とぼくはあきれた。

ところが、女房がうちの庭でつくった大根を見て、ぼくはびっくらこいた。九大農学部出の男がつくった大根が、発電所の煙突みたいにでっかくおもえたのだ。にんじんだって、こんなちっこいのは見たことがない。トンガラシをちょいと大きくしたぐらいのものだ。

しかし、なにしろ庭からとってきて、土をおとしてたべるのだから、やはり味は新鮮で、それにひりりとからいのがよかった。

ぼくは、だいたい、夏大根のからいやつが好きだ。

はなしはちがうが、ぼくは広島県の呉市のそだちだが、うちの近くの段々畑には赤大根があった。

表面はまっ赤の大根だ。味は、べつにとくべつな味はしなかったようにおぼえている。それよりも、呉の中学に赤大根というあだ名の先生がいて、これがまた、なんとも赤大根に似てるんだなあ。

今でも呉の家には妹がいるが、このあいだ呉にいったとき、「昔は、赤大根があったけど……」と妹に言うと「そうねえ」とおもいだした顔になった。今は、赤大根はないのか？

女房は小松菜も庭につくった。そして、れいのかつお菜だ。こいつは、たいへんにうまくいった。なぜだか、どんどん葉っぱができたのだ。

かつお菜はスープにいれても、ほろにがくておいしいし、漬物がよかった。寒いころには、二日目ぐらいが、いちばん味がよく、こまかくきざんでたべるのだけれど、舌にひりっとくるのが、ぼくは大好きだ。どうも、ぼくはひりひり趣味らしい。

気温があがってからは、漬けたその日のうちにたべたが、さっきも言ったように、もうおしまいだ。

さいしょのころの、ちいさな、かわいい葉っぱからは想像できないほど、化物みたいにでかい葉になり、茎もふとい。

ともかく、ぼくのうちの庭にできたもののうちでは、かつお菜はいちばんの成功だったようだ。

ただし、これは、みんな女房がやったことで、ぼくは、れいのミニ・ミニ大根にしてもたべるだけ、それも、ぼくひとりでたべていたのではないか。

女房は野菜をつくるたのしみ、ぼくはたべるたのしみで、ちょうどいいじゃないか、なんて言ったら、おこられるかな。

ひりひり趣味のことがでたが、ロンドンのトラファルガー広場の近くのレバノン料理の店で、ぼくは、ほろほろ泣いた。

こんなふうに言うと、レバノン料理はいかにもからそうだが、サラダのなかのトンガラシを、こいつはうまそうだ、とガチガチ嚙んでぼくは泣きだしたのだ。

レバノン料理でなくても、ニホンでもトンガラシを、こんなふうに嚙めば、舌に激痛がはしる。

このとき、ぼくが泣いているのを見てわらった女のコと、パッディングトン駅のむこうのほうのインド料理屋にいったときは、ヴェリィ・ハット（とてもからい）というカレーを注文して、「やめときなさい。また泣くわよ」と皮肉られ、インド人の店主も、「からいですよ」とおどかしたが、じつにおいしくたべた。

その女のコは、マイルドというカレーをたのみ、料理がきて、ひと口たべ、げんなりした顔になった。ぼくもたべてみたが、砂糖がはいって、甘かったのだ。甘いカレーとはお気のどくに……ざまあみろ。

三よし

酒よし、肴よし、鍋物の季節でもある。うちではよく鍋物をする。昨夜の鍋は白菜、豆腐、生しいたけ、えのきだけ、タラだとおもったら、豚肉もトリもはいっていたのだそうだ。つまりは寄せ鍋だ。

「タラだけじゃ、あんまり味がでないので……」

女房は言った。鍋はみんなで、わいわい鍋から直接たべるのがおいしいというが、ぼくはなまけ者で、それさえもめんどくさく、女房が皿にとってくれる。ぼくはトリはきらいということになっており、女房はぼくの皿にはタラしかいれなかったという。

それに生ネギをかけ、広島からおくってきた柚子《ゆず》をしたたらせてたべた。

このタラがまたおいしい。季節が暑いころは、タラにはしっかり塩がしてある。それがだんだん甘塩になり、このごろでは、ほとんど塩けを感じない。そのぶんタラの身もおいしくなる。

目刺しだっておいしい季節だ。これも暑いころは、うんと塩がしてある。その塩がとれて、あぶらがのり、これまたおいしい。ぼくは目刺しも好きだ。

〆鯖《しめさば》もおいしくなった。これだって、暑い季節は、やはりくさらないように、うんと酢でしめてある。それが、酢がすくなくなり、刺身のほんのはしだけで、まんなかあたりは、まるで酢がとどいてないような〆鯖もある。こういうのは色も鯖のなまの色できれいだ。

福岡には酢でしめない、鯖の刺身がある。鮨屋でも鯖をにぎってくれる。その土地にしかないような刺身がある。浜松では太刀魚《たちうお》の刺身がある。太刀魚の刺身は、ほんのりあかみがさしている。

北国では、こんどの漁期はイカが不漁でサンマが豊漁だったそうだ。活きのいいサンマは刺身にもする。サンマの刺身は、焼いたサンマからは想像できない味で、あっさりしている。北海道の根室でたべたサンマの刺身。

貧乏根性で、安い魚ばかりならべてきたが、つい先日、明石の魚の棚（市場）で盤台ではねてる鯛を買ってきた。こいつは刺身にしないで煮てたべた。明石の鯛といえば、これはもう日本一。鯛にも季節があるのだろうか。萩原朔太郎はその詩のなかで、季節に認識ありやなしや、と書いてるけど。これはカンケイないか。

じつは、昨夜はおでんもあった。おでんのサツマ揚げだって、暑いころといまでは、ずいぶん味がちがう。うちのおでんの材料《ねた》は、池上線の雪《ゆき》が谷《や》大塚《おおつか》の市場に買いにいく。あるいて買いにいける。ここのサツマ揚げはおいしい。大手メーカーのサツマ揚げは、見た目はいいけど、味がへんに甘く、人工的で、ぼくは好きではない。うちの上の娘は、おそらく東京じゅうでも、とてもおいしいサツマ揚げではないか、と言う。

この店の揚げボールなどは、ただ醤油をかけてたべるだけでもおいしい。ただし、これも寒くなって、ぐっとおいしくなる。

広島からは殻つきのカキも松茸もおくってもらった。ぼくは広島県のもとの軍港町呉のそだちだが、寒い季節に、女のひとたちがカキの殻をコンコンと割っていたのをおもいだす。シモヤケで赤くはれた手。あのコンコンという音。

松茸はアメリカのシアトルにもある。もちろんカキもある。どこでも、慣れないと、カキの殻をこじあけるのは苦労する。

酒よし、肴よし。でも、それに気のあった友だちがいると、三よしだ。川上宗薫は死んじまったが、だいぶまえに、新宿のドヤ街の路地の奥の飲屋に宗薫さんをひっぱっていったことがあった。そのあたりに立っている女が飲みにくるところだ。ところが、宗薫さんはババッチがって、とうとう、グラスには口をつけず、目をきょろきょろまるくしていた。それがおもしろく、宗薫さんをからかいながら、にぎやかに飲んだ。

つづいてなくなった浦山桐郎《きりお》監督とも、ちょいちょい飲屋で顔を合わせた。このひとは数はすくないが、いい映画をつくったと言われてるけど、酔っぱらうと、ひとにからむと評判だった。

なんのためか、たしか玉の井のどじょう屋でみんなで飲んで記念写真をとることになって、小中陽太郎に浦山監督がからんだ。小中陽太郎はもとNHKディレクター。どちらも、記念写真の演出をやろうとする。飲んだあとの記念写真なんてどうでもいいのに、ふたりともマジメなんだなあ。

そのときのかえりだったか、またどこかに飲みにいくことになり、タクシーに分乗したが、一台のタクシーだけが残っており、それは浦山桐郎監督がさきにのっていて、みんな敬遠したのだった。しかたなく、ぼくがそのタクシーにのったが、浦山監督はぼくにはからまなかった。それがおかしく、また浦山監督がかわいかった。じつは、酔っぱらうと、ぼくのほうが、もっとひどいらしい。

おでん

うちでもおでんをたべている。やはりおでんは寒いときということだろうか。じつは、毎日二度はおでんをたべる日がつづいたりする。

おでんにいれる大根は和歌山からおくっていただいた。この大根をつくったひとは、もとは潜水艦の艦長で、いまは会社の社長さんだが、酒をやめて、そのかわりに畑で野菜をつくっている。ぼくも見習え、と女房がやかましい。

それはともかく、海軍で艦長といえばたいへんなものだった。ふつうの軍艦は艦長は大佐だ。このひとは終戦のときは少佐だった。潜水艦にしてもいちばん若いほうの艦長だったのではないか。若い艦長の責任と部下からよせられた信頼はどんなものだったろう。潜水艦乗りにはとくべつな気持ちがあったようだ。

もと潜水艦の艦長がつくった大根は、おでんの鍋のなかで、かたちは白くととのってるが、口にいれると、さくっとやわらかい。

おでんのダシに佐賀名物の焼きアゴをいれてたこともある。焼きアゴは小ぶりのトビウオで、よこに段々藁《わら》でゆわえてぶらさげてあった。これは、いいだしがとれる。

フグ

九州の小倉でフグをたべた。お皿の模様が透けて見えるフグの刺身に、あのあたりの特産のほそいこうとう（鴨頭）ネギをまいてたべる。

東京の築地の明石町でもフグをたべた。隅田川に近い料亭で、築地で地下鉄をおり、ひさしぶりに聖路加病院の前をとおっていった。モダンだった聖路加病院が古びた建物になっている。料亭のあたりはひっそりしずかだった。東京のまんなかでも、たとえば丸の内のオフィス街も、夜は人通りはほとんどないのではないか。

鳥取では魚屋にフグがならんでいた。いや、東京以外の町は、たいてい魚屋にフグがある。子供のころ、福岡にいって、魚屋でフグを見て、みょうに感激したことがあった。福岡では、たしかフクとよぶ。

フグを唐揚げにするようになったのは、いまから十五年まえぐらいからだろうか。骨つきのフグの身だが、なかなか、からっと揚がらなかったのだそうだ。はじめて、フグの唐揚げをたべたのは広島だった。

スティーブから電話がかかってきたので、フグの唐揚げのはなしをしたら、スティーブがおこった。邪道だというのだ。フグはやはり刺身で、それにフグの身なんて味はないから、つまりはポン酢でたべるんだ。ポン酢、ポン酢、とスティーブはくりかえした。

ぼくはわらってたが、いまになって、スティーブがポン酢を力説したことがわかった。スティーブはニホン人の板前さんだから、自分が勝負するのはポン酢だとおもったのだろう。スティーブはアメリカ西海岸のシアトルにいる。わざわざ電話をかけてきて、フグのはなしをしておわった。電話代だってかなりしただろうに、やはりフグの季節か。

粥をさがして

お粥《かゆ》が好き。二日酔の朝にトーストなんて、ほんとに喉《のど》につまっちゃう。ところが、お粥はさらさら喉とおりがいい。

まっ白なお粥に赤いウメボシ。ぼくのうちには、いつもジャコがあって、白いお粥に、これまた白いジャコをぱらり、おショウユをぽとんとおとす。

中国粥も好き。お米のつぶがないくらいに、とろとろに煮こんだ中国粥。ところが、オーソドックスな中国粥はあんがいすくない。広い東京にはたくさん中国料理店があるが、まともな中国粥は一度もたべたことがない。

それで、中国粥がたべたくなると、横浜の中華街まで出かけていく。たとえば、横浜にいったときは、たいてい中国粥をたべてくる。中華街の粥専門店は「謝甜記《しゃてんき》」に「安記」。「安記」は横路地で安くて有名な「海員閣」のななめ前。昔は朝の五時ごろから店をあけていたとか。中国では粥は朝のものらしい。

神戸の下山手《しもやまて》通りの角の「東亜食堂」。名前から古めかしい食堂で、アワビの中国粥をたべたことがあったなあ。

　サンフランシスコのにぎやかなチャイナタウンのまんなかあたりを、左にまがった坂の途中の「三和」。この店には、ほんとに毎日かよった。ほかにも、粥の看板をだしてる店はたくさんあったが、それこそまともな中国粥はこの店だけ。大きなドンブリに、かおりのたかい草もちょっぴりはいり、ときどき、チャイニーズ・ドーナッツも注文する。油條のこと。でも、揚げる油のなかにおとすと、くるくる、三倍ぐらいにほそくのびていく、ふつうの油條とちがい、四角いタワシみたいな、ほんとにドーナツといった感じの油條。油條はちぎって粥のうえにのっけてたべる。

　ぼくが好きな中国粥は肉団子か内臓《もつ》のまぜあわせ。生の魚の身、つまり刺身を熱い粥にいれたものとか。それに、ニホンのウメボシがわりに、しょっぱさと強烈な味とにおいのフニューのちいさいかたまりを粥のまんなかにおとしたり。フニューのことを、チャイニーズ・チーズと言ったりする。ほんとにチーズの味とにおい。

　ハワイのホノルルでは、バスにのってダウンタウンの「香園」にいき中国粥をたべる。ほかの料理も安くておいしい。ただし、午後の二時から夕方まではおやすみ。ここでは、塩豚の中国粥をたべる。いま、生ハムともちがう塩豚粥がたべられるのは、この店ぐらいではないか。

パリにもチャイナタウンがあり、だんだんちいさくなるのがさみしいが、ちいさな長方形の消しゴムみたいなかたちのものがはいった中国粥をたべた。これはジェリー状でふしぎな味だった。豚のどこかのにこごりのようなものだろうか。ロンドンの盛り場のチャーリングクロスの裏路地でも、毎日のように中国粥をたべたなあ。どこにいっても、コンジー、ライススープと中国粥をさがしてる。本場の中国南部でも朝食に粥がでたが、熱い粥ではなく、ざんねんだった。

映画とそば

月曜日から金曜日まで、昼食は毎日そばをたべることがある。これはうまくいったときのことで、うまくいかないとカレーライスかサンドイッチをたべる。でも、サンドイッチを買ってたべるのは月に一回もないくらいだろう。だいたいはそばだ。そのそばはいつも立食いそばで、なぜお蕎麦屋さんでそばをたべないのか、と叱られそうだが、そのわけはこれからはなす。

ぼくは見る映画があるときは月曜日から金曜日まで毎日映画を見にいく。見たい映画ではない。その映画を見ない前から期待して見にいくなんてことはすくない。映画は月曜日から金曜日までは試写だ。試写はたいてい午後一時からと、三時、三時十五分、三時三十分からはじまる。そして、これもうまくいった時のことだが午後一時からと三時台の試写の二本を見る。うまく二本見れるとずいぶんトクしたような気がする。土曜、日曜日は街の映画館で三本立ての映画を見たりするが、試写でたいていは見てるので、仕方なく土曜、日曜日は本職にもどってなにか書く。だからモノカキが本職なのに日曜作家だとわるくちを言われる。

さて、朝はなるべく遅くまで寝ていたいほうで、早おきは三文のトク、とは逆に遅くまで寝てると大変にトクしたみたいな気持ちになる。でも、情けないがぼくはもうオジンなので、遅くまで寝ていたくても早くにおきてしまう。今朝も七時頃には目がさめていた。だから、八時半頃には朝食をたべたが、長い習慣で午後一時前に昼食というわけにはいかない。午後一時からの試写がすんだあとでなにか腹にいれる。なにかではない。じつはほとんどそばをたべる。

次の三時か三時十五分か三時三十分の試写との間にたべるのであんまり時間はない。近頃はなぜか試写室が混むので試写がはじまる二十分前には席にすわっていたい。各社の試写室のなかでも、いちばんうしろの列のはしがぼくの好きな席で、ここでゆっくり映画を楽しみたい。だから試写の三十分前にいくこともめずらしくない。また一時と三時台の試写の場所は違うから次の場所にうつる時間がいる。

昨日《きのう》は京橋のワーナー試写室から銀座五丁目のユニジャパン試写室まであるいた。地下鉄やバスよりもあるくほうがはやい。ぼくはバスが好きだが、それはゆっくり時間があるときのことで、いそぐときはバスはアテにならない。昨日なんかはあるいたほうがはやかったが、それでも時間はかかる。とうていお蕎麦屋さんでおそばをってわけにはいかない。立食いそばで、さっとそばをたべる。また、そばは、さっとたべるのが似合っている。それに、ぼくはせっかちなのだろう。三時台の試写は見ないときでも、一時の試写がすむと、立食いそばをたべる。

立食いそばのたべはじめは上越線の水上《みなかみ》駅のそばだろう。北陸からの夜行列車にのると水上駅で夜が明ける。それも夜のけはいがのこったしらじら明けで、まわりの山は高くおしせまっていて、陽がのぼるのにはだいぶ時間がある。夜行列車はみょうに気だるいもので、ぐっすり眠ることもできず、長い時間うつらうつらし、つかれてもいる。

そんなとき、早朝の水上駅のプラットホームにおりて背のびをし、なまあたたかい夜行列車の車両からでて、ぶるっと身ぶるいし、背なかをのばし、ホームの水道で顔をあらい、やはりホームの立食いそばをたべる。このあたりはそばの名所でもある。

北陸あたりにいたのは、テキヤの子分だったり、つまり流れ流れて北陸にいったのだ。それが、なんとか東京にかえる旅費ができて、水上駅の朝、白い息をはきながら、立食いそばをたべる。

いまでは、信州の松本あたりでも、まえみたいに黒っぽくて、ぼそぼそ、みじかくおれてるそばはなくなった。そばがスマートになったとなげくひとがおおいがいまのそばも、けっこうおいしいのではないか。

ぼくの母は九州の日田から英彦山《ひこさん》のほうにはいったところの生まれだが、母の実家からおくってくれるそば粉を熱い湯でねって、生醬油とカツオブシでたべるそばがきは、コドモのぼくも大好きだった。

タコとウソ

韓国の仁川でタコの刺身をたべた。仁川はソウルからクルマで一時間ぐらい。有名な港だ。海にむかって海鮮レストランがならんでいる。そして、いくつもある水槽のなかから、好きな魚をえらんで料理してもらう。

タコも水槽で生きていた。それを、そのまま刺身にした。大きなタコではない。足の直径は吸盤もいれて五ミリぐらいだった。

お皿にはいってもタコはぴちぴちうごいていた。二センチぐらいの長さにこまかくきられているのに、吸盤なんかはきゅっと箸にくっついてくる。

韓国ではカルビでも焼肉でも、ハサミできるから、このタコもハサミできったのかもしれない。

ぼくはこわごわ箸でタコをつまんだ。同席のひとが、タコが胃にはいってもあばれて、とはなしてたが、そんなことはなく、口のなかではうごかなかったので、ほっとした。

ぼくはエビの踊り鮨などたべたことがない。名古屋の今池で、あのあたりの名物の伊勢エビを、生きたまま、はねかえるのをおさえつけて焼く、その名も残酷焼というのをごちそうになったが、残酷さがおいしさにつながることはなかった。

東京の下町の玉の井の近くで、やはり生きたどぜうの地獄鍋というのをたべたが、これもおなじだ。この店にはなんどかいったが、あるとき、なくなった映画監督の浦山桐郎が酔って大酒乱になった。このひとの酒乱ぶりは有名で、ニホンの三大酒乱のひとりと言われた。ところが、どこかにうつるとき、浦山監督とおなじタクシーになり、その酒乱ぶりが心配だったが、しごくおとなしかった。これにはびっくりし、ひとにはなすと、「コミさん相手に酒乱はできないよ。そんなおそろしいことを……」と言われた。だったら、ぼくは浦山監督以上の酒乱ってことになるじゃないか。

福岡市の西を流れる室見川《むろみがわ》のほとりの料亭で、生きたしろうおをたべたこともある。白魚とはちがう。透明なからだだが、あわい茶褐色の筋がはいっている。大きなメダカみたいだ。

これをすくって、酢醤油にうずらの卵をおとしたお皿のなかにいれる。そのお皿がしろうおで泡だつようにさわいでたが、口にいれると、うごくけはいなく、たべることができた。

このときの座敷は広く、大きなガラス戸のすぐむこうが室見川で、ほんとにいいながめだった。もう河口のそばで、河口につらなる海がひろびろと見えた。川面は潮がひいていて、浅瀬に白サギがいた。

活きのいい魚は好きだが、生きたままでうごいてるようなのは食欲がへる。仁川でたべたタコも、こわごわたべるようでは、味をあじわうなんてことはできない。

そして、このタコを口のなかにはこびながら、ぼくは自分でウソをついてるのに気がついた。

ぼくは瀬戸内海の軍港町呉でそだった。呉のすぐそばには音戸《おんど》の瀬戸もあり、まんまえに見える島は江田島《えたじま》で、夏になると、毎日およぎにいった。雨の日も、嵐の日でさえおよぎにいった。

そんなある日、もう陽も落ちて、くらくなってる海上のちいさな漁舟で、漁師のおにいさんがとったタコを、荒縄でこすって、タコのヌルヌルをおとし、生きたまま刺身にしてたべた、とぼくは自分でおもっていた。

そのタコは足の長さは三十センチぐらいあっただろう。タコの足はあんがい長い。ふつう、タコはみんなゆでてある。でも、あのときだけは、生きてうごいてるタコを……とぼくはひとにはなした。

でも、仁川の海鮮レストランでタコをたべながら、こんなちいさなタコでも、ちっこい吸盤でからみついてくるのに、大ダコではなくても中ダコならば、かなりあばれまわるのではないか、と考えた。

それを、生きたまま荒縄でごしごしこするのもたいへんだし、たとえ漁師のおにいさんがそれをきってくれたとしても、うごきまわるタコの足などを、コドモのぼくが口のなかにいれることなんかできやしない。

つまり、あれは、ぼくのつくりばなしだったのだ。でも、どうして、そんなつくりばなしをこしらえたのか。ゆでないタコを、ただの一度だけたべたことがある、とひとにはなしたかったのか。あれこれウソをついてる。

ウナギの稚魚の熱い皿

つい先日までオーストラリアのシドニーにいた。シドニーでは、まぶしい夏の陽ざしはそのままで、高い街路樹から葉がちりはじめていた。まだ青い落葉だ。

ニホンではこれから春が熟し、夏になるというのに、シドニーでは夏がおわりかけ、秋にむかおうとしている。

シドニーでは毎日のようにピアモンの魚市場にいき、ここにはウナギの燻製《くんせい》があった。燻製だから胴まわりもちいさくなっているが、それでも十五センチぐらい。長さは一メートル半ぐらいある。大ウナギだ。

ウナギの燻製は外国のほかの町にもあるけど、ぼくの舌にはなじまない。口にいれると、とろっととろけるようなニホンのウナギの味に慣れてしまってるからだろう。

外国で鮨をにぎってる友人がなん人もいるので、ぼくは外国にいるときだけ鮨バーにいく。そしてウナギがあれば、ウナギをシャリ抜きでサカナに、ワインを飲む。ウナギはニホンからもってきたものだ。やはり、とろっととけるようではなく、すこしかたい。ウナギの鮨は、もとは関西だけで、関東にはなかったとおもう。

オーストラリアにいくまえは、スペインのマドリッドにいて、ウナギの稚魚をたべた。オリーブ油でいためたもので、長さ十センチばかりのほそ長い稚魚がたくさんくっつきあっていた。これはおいしかった。スペインの料理はすこし塩っぽく、ノンベエの口にはあってる。熱い皿を、みんなでワッとたべた。

ぼくが兵隊にいくまでは、どこにでもウナギとりの名人というのがいた。夜、なにかを仕掛けておいて、ウナギをとるらしい。まずウナギのいそうなところを見つけるのがコツだときいたが、まるでお伽話《とぎばなし》のようだった。ぼくなどにはとうてい真似もできないことだからだ。

終戦後、新宿西口の線路ぎわに、ウナギの頭とキモだけを売ってる屋台があった。ときどき、ぼくもお使いで買いにいった。ぼくはテキヤの子分で、親分がウナギの頭をサカナに焼酎を飲むのだ。ウナギの頭だけの屋台というのはふしぎだが、いまでもその店は、新宿駅よこの小ガードと大ガードのあいだの昔ながらの飲食街の角にあり、客は立ってウナギの頭をかじり焼酎を飲んでいる。

　埼玉県の浦和の町はずれ、そのころはまるで田舎の風景だった池のほとりのウナギ屋にいったことがある。東京でも名前の知られた有名なウナギ屋だったようだ。

ウナギの蒲焼ができてくるまでに、たいへん長い時間がかかったのをおぼえている。そのあいだ、みんなゆっくり、まわりの景色をながめていた。大げさではなく、そこにウナギをたべにいくのは、一日がかりのことだった。

　あとで、りっぱなウナギをたべたのは、なぜか神田界隈の店がおおい。たっぷりしたウナギの身が、なかにお湯をいれた容器にのっかっていたりした。ウナギがつめたくならないようにだろう。こんな店ではウナギのまえに、いろんな刺身だとかごちそうがでて、ウナギをたべるときには、いささかお腹がくちくなってるのがざんねんだった。

　うちでは、近くの雪が谷大塚の市場のそばの店からウナギを買ってくる。せまい間口の店で、おじいさんとおばあさん、それに娘さんかおヨメさんかの三人で、炭火でウナギを焼く。なかでウナギをたべるところではない。

　このウナギを買ってくるのが、女房なんかではなく、いつも、うちの下の娘にきまってるというのがおかしい。下の娘はとくべつウナギ好きなのだろうか。

ウナギの骨の唐揚げも、もとはないものだった。かりかりと香ばしくておいしいが、やはり酒のサカナだろう。河豚《ふぐ》の骨つきの唐揚げよりも歴史は古い。ウナギの新しい料理法というのは、あまりきかない。ウナギの味は、いまのままでいいのだろうか。

小イワシの唐揚げ

スペインの首府のマドリッドは、現地でもほかのヨーロッパの国でも、みんながマドリとよんでいる。ニホンでも、やがて(なん十年あとかわからないが)マドリと言うようになるだろう。

ぼくはマドリでも台所つきのアパートメント・ホテルにいた。肉や魚など、おいしそうなものを買ってきて、自分の好みの味つけで料理して、くつろいでシェリーやワインやジンなどを飲む。わがままで、ぜいたくな食事だ。

アパートメント・ホテルはマドリの町の北西のはしにあり、十一階の部屋で、まことにながめがよかった。スペインらしい曠野《こうや》の風景がひろがり、遠くに、雲かかすみのように山なみがつらなっている。

夜おそく、はるかかなたで、ぱあっとあかるくなることがあった。ずいぶんあとになって、花火だとわかった。ドーンとうちあげる花火ではない。遠いところなので、音もとどかない。しずかにぱあっとあかるくなる。

それが夜の十二時だということにも気がついた。お祭りの花火なのだそうだ。マドリの町をでるとすぐ、あまり樹木のないひろびろとした曠野みたいに見えるが、実際にバスなどではしってみると、トウモロコシ畑もあるし、村々もある。その村々で、いろんなお祭りがあるのだろう。

部屋の間取りはゆったり、寝室からテラスをあいだにおいてリビングルームから台所まで、ぐるっと窓がとりまいて、あきずに風景をながめながら、飲んでいる。

シェリー酒はイギリス人が好んで飲むが、スペインでつくる。布の袋に壜《びん》がはいったドライ・サックのシェリー。有名なアモン・ティラルド。pale というのは青白いって意味だけど、あまり色のついてないシェリーだ。もちろん辛口のティオペペもある。ここから世界がはじまるというゼロ起点のプエルタ・デル・ソル（太陽広場）の大きなティオペペの看板。

アパートメント・ホテルのわりと近くに、マドリの町をぐぁっと一周するシルクラール（循環線）のバスの停留所があって、どこにいくのにも、このバスにのった。循環バスだから、行先により、右と左、どちらをまわるバスにのってもいいけど、買物は、左まわりのカミノスの市場が近い。

古い市場で、魚屋もなん軒かあり、おいしい肉屋もある。魚屋は、毎日のぞいて見るが、ちいさな魚があると、たいてい買っちまう。外国では小魚はめずらしい。だから、ちいさなイカなどを買ってきて、醬油で煮る。鯛よりもいくらかほっそりした、赤みがかった十センチぐらいの魚も、煮てたべると、身がひきしまっていて、おいしかった。卵がはいった子持ちのもある。いとよりの類だろうか。

小イワシも買ってきた。缶詰のサーディンはべつにして、ちいさなイワシは、ほんとにめずらしい。唐揚げにしてワインを飲む。ワインは闘牛士の血、なんて芝居がかった名前のワインもあるが、とにかく、あっさりした味のドライの白ワインを、ぐいぐい飲む。ぼくみたいなノンベエは、酒好きでないやつらが、こくがあるとほめたりする、しつこいワインはきらい。あっさりしたワインを、しかし、ぐびぐびたくさん飲む。

マヨール広場のちかくの飲屋では、小皿に小エビをいれ、皿ごとぐつぐつ火にかけたのをとってきて飲んだ。お客でいっぱいの飲屋だった。

ウナギの稚魚は、スペイン名物のたいへんなごちそうだ。ウナギの稚魚がまっ白なのにはおどろいた。フライパンで焼くかいためたものか。脂がうっすらのっていて、なんとも言えない味だった。しつこい味ではない。塩味がほどよくきいている。

スペインの料理は、塩味がほんとにいい。とくに、ニホンの男性にはあってるのではないか。ほかのヨーロッパの料理が味がないみたいなのとはちがい、うーん、これは、とはじめて味のあるものをたべたような気になった、というニホン人の男性がおおい。オリーヴの実だって、しょっぱくておいしい。

スペインのレストランは安い。三つ星のりっぱなレストランで白のセコ（ドライ）のワインが、一壜二百五十ペセタだったことがある。ニホンのなん十分の一かの値段だろう。

循環バスを川のちかくでのりかえて、ある日、マドリの動物園にいった。世界じゅうの動物園のなかでも、白いゴリラは、スペインのバルセロナの動物園にしかいないそうで、ぼくも見にいったが、もうかなりの歳なのか、なんだかさみしそうなおじいさんゴリラだった。

さて、マドリの動物園だが、砂地にひくい松みたいな木があるところがバスの終点で、ここに動物園の入口の門があったが、あまり人けがなくて、まわりの風物がいい。

ここで、みょうなものを見た。豚の貯金箱みたいな、ちいさな動物なのだ。豚はめずらしい動物ではない。しかし、豚がいる動物園はめずらしく、ぼくが見たのはロンドンの動物園ぐらいか。

しかし、豚の貯金箱みたいな動物はたいへんにめずらしく、そんなものがいることさえ、ぼくは知らなかった。

ところが、それがマドリの動物園にはいるんだなあ。しかも、動物園の檻《おり》のなかではなく、あるいていく道ばたに、ちいさな、ひくい土まんじゅうのようなのをつくって、こっちを見ている。

豚の貯金箱の兵隊が自分だけの塹壕《ざんごう》をつくって顔をだしてるようでもある。毛がなくて、ピンクがかったつるつるの肌で、赤ん坊の肌みたいだ。

そんな、ちいさいのが、キョトンとこっちを見ている。あれは、なんという動物だろう。名前もわからない。バルセロナの動物園では白いゴリラのほかに、白いラクダも見た。

でかいサンドイッチ

アメリカはおっかないところだ、とよくきかされる。道をあるいていて、でかい男がでかい手をぬっとさしだして、「クオラー！」と言うことなど、しょっちゅうだ。クオーラーは四分の一で二十五セント玉のこと。

夏にカナダのバンクーバーにいく途中のバスの駅《デポ》で、タバコをすおうと箱をだしたところに、肌があさぐろい大男がきて、タバコを二本とられた。ほかの紳士ふうのひとたちのところにはいかず、しょぼくれた服装のぼくのところにきたのがおかしい。同類がタバコを吸いかけてるので、タバコをタカったのか。この男は肌はくろいが黒人ではなかった。

サンフランシスコで、バスの終点にくると、バスがとまると同時に、運転手がかけだして、どこかにいってしまうことがあった。そんなことが二度も三度もかさなるうちに、さみしい終点で、ほかには乗客もいないような場合、バスの運転手はぶきみな東洋人のぼくが拳銃をつきつけて、スティック・アップ（ホールド・アップ）するのではないかとおもい、逃げていくのだとわかった。なるほど、アメリカは危険な国なんだなあ。でも、おかしいか。危険だとおもわれてるのは、ぼくではないか。

　ロサンゼルスのダウンタウンのビルの前に、ガラのわるそうなのが十なん人もいて、そのうちのひとりの黒人がでっかいサンドイッチをたべていた。ぼくは、おおきなサンドイッチだなあ、とそれを見ながら、とおりすぎようとすると、その黒人が大きな声をだした。

　れいによって、クオーラー（二十五セント玉）でもくれと言ってるのだろうとぼくは考え、そのまま足をとめないであるいてたのだが、その黒人はまだよびとめており、意外にしつこくて、あまりこわがらないぼくだけど、このときはいやな気持ちだった。その黒人はくろい長い手をのばして、ぼくの腕をつかみそうだったのだ。

　だが、ぼくのおもいちがいだった。黒人の男はぼくになにかをねだってるのではなく、自分がたべていたでっかいサンドイッチを、ぼくにくれると言うのだ。よっぽどモノ欲しそうな顔で、ぼくはその黒人が大きなサンドイッチをたべるのを見てたのだろう。

　ボストンでは、やはり黒人の男が、いつこの町にきたのかとたずね、昨日《きのう》とこたえると、職はあったかと心配し、どこそこにいくと、いい職がある、とその場所をくわしくおしえてくれた。

タイの鯛

アメリカ西海岸のシアトルでは、ミカドという日本レストランの鮨バーによくいった。鮨バーはニホン英語で言うと、鮨コーナーっていうところだろう。スティーブという鮨の職人さんとなかよくなったのだ。

シアトルはアメリカでも魚の町として有名で、作家の山本道子さんのご主人も、ここで日本の水産会社につとめていて、鮭の刺身など、いろんなおいしいお魚を、山本道子さんのお宅でいただいた。

シアトルの前にいったお鮨屋さんはどこだったかな、と考えたら、タイのバンコクだった。色がくろいタイ人の鮨の職人さんが、この鯛はタイの鯛ですと、白い歯をこぼして、わらった。

酔虎伝

ブドウの花

はるばる、ひろびろ……見晴らしがいい。でも、ふかい山のなかという感じはない。なにしろ、まわりはあかるく開けていて……。

山ではなく、はるかにつづく丘みたい。丘がかさなり、ゆっくり、あるいは急なスロープがもりあがり、またひろがっておりていく。

サントリー山梨ワイナリーの展望台。標高六百メートル。丘はみんなブドウ畑。濃いみどりではない。土の色もみえる、やさしいみどり。

ふつう、ブドウ畑といえば、ひくい屋根の棚になっていて、それが、いくらか息がつまりそうに、びっしりならんでいる。でも、ここのブドウの木は棚もあるけど、すっくり一本でたって、垣根式なのがおおい。

たべるブドウは、ブドウの実が、ニンゲンの目の高さの棚にぶらさがっているのが作業もしやすく、おいしそうにも見えるのだろうが、ここにあるのはたべるブドウではなくて、しぼって飲むブドウ。

ニホンの国は飲むブドウはすくないが、このサントリーの山梨ワイナリーは、みんなワインにする飲むブドウだって。

展望台をおり、ブドウの木のブドウの花を見せてもらう。赤ん坊リスの尻尾のようなかれんな穂で、おそわらなければ、花だってことはわからない。ブドウの花を見たのは、生まれてはじめてだ。

うすいみどりのやわらかな穂のあいだに、ちいさな、ちいさな花がいっぱいついている。ちいさくても、花びらなんかのかたちは、ちゃんとしてるのだろうか。

ブドウの花が咲くのは、夏のはじめの、ごくみじかい期間だそうで、ブドウの花にめぐりあえたぼくは、ラッキーでうれしい。

ブドウの花をさらさらボールにうかべて飲む習慣がヨーロッパにはあるとのこと。ボールのなかみはどんな飲物なのか。

ブドウの木のなかの野外レストラン。雨が降るときは頭上の大きなパラソルをとじるが、いまは天までぬけてひらいていて、あかるい陽ざしがふりそそぐ。

つめたく冷やした白のワイン、赤のワイン。とくべつな味のする赤ワインがあって、年代物のなかでも、やはりとくべつな味だとのこと。ワイナリーの東條所長さんは、「わたしたちはワインの味の演出家……」とおっしゃる。いろんなブドウの実の味はそっくりいかして、上品でマイルドなワインの味、ときには、ちょいとひねったクセのあるワインもつくる。所長さんはニコニコ笑顔で、ご自分でもおいしそうにワインを飲む。

猪ブタの肉のバーベキュウは、厚みたっぷり、あざやかな牡丹色。でも、なによりのごちそうは、眼下にひろがる景色だ。

甲府盆地はほとんどすっぽり見えるとか。おまけに、ほら、あのむこうは富士山で……。ブドウ畑のスロープを森がよこぎり、家もたくさんある。家々の屋根がひかり、川も流れてる。

陽はあかるくて、もう一杯。

ノンベエむきのブドウ酒

山梨県からブドウ酒を送ってもらうようになって、もう十年以上たつ。はじめは山梨市の友人がなん本かずつ、うちにもってきてくれた。地元のブドウ酒好きでも、かってにブドウ酒をつくると酒税法違反になる。それで地元の仲間が醸造会社をこしらえ、自分のブドウ園からいいブドウをもちよって、自分たちの飲みぶんにつくったブドウ酒だということだった。たべるのにいいブドウと、ブドウ酒にするブドウとはちがうということもきいた。

一升壜にはいったそのブドウ酒は赤でも白でもなく、またローゼのようでもなく渋茶色、おまけに壜の底に澱《おり》がたくさんたまっていた。こんなブドウ酒はデパートの食品売場あたりでは売れない。

味もお上品ではなく、野性味があり、ぐっとくる。イタリアのミラノの彫刻家の豊福知徳《とものり》さんのところで、くろい壜にはいった活きているワインというのを飲み、なかなか迫力があったが、それとは味がちがっても、野性味のあるブドウ酒というのはめずらしい。

ところが、そのブドウ酒を醸造元から送ってもらううちに、壜の底の澱がだんだんすくなくなり、なんだか洗練されてくるにつれて、野性味もすくなくなった。値段もあがった。しかし、長いあいだ飲んでいれば、値段があがるのは当然だろう。

この五、六年はおなじ山梨県の勝沼町のブドウ酒を、いっぺんに百本ずつ送ってもらっている。

一升壜で百本というと、なかなか壮観のようで、「飲屋でもないふつうの家で、いったい、だれがこんなにたくさんのブドウ酒を飲むんですか」と運送屋のオジさんにきかれ、「わたしゃ恥ずかしくて、返事ができなかったよ」と女房は言った。

このブドウ酒はHONJOという名だが、銘柄で売ろうという気はないのではないか。なんでも銘柄がだいじとはかぎらない。アメリカにはビールという名のビールがある。ニホンでも無銘柄《ノウ・ブランド》商品は流行になった。しかし、無銘柄のビールは安いけど、ぼくは好きではない。あまりおいしくないからだ。ビールは、無銘柄のティッシュや石けんとはちがう。

山梨の地酒のブドウ酒は無銘柄《ノウ・ブランド》といったものでさえない。ある醸造所でつくったブドウ酒なら、くりかえすが、名前はどうだってかまわないのだろう。前に飲んでいた山梨市のブドウ酒は、送ってもらった罎のなかにちがうラベルの罎が二、三種類もあったりした。ラベルがちがい、名前がちがっても、おなじブドウ酒なのだ。

毎晩、ぼくが飲んでいる勝沼町のブドウ酒も赤でも白でもローゼでもなく褐色だが、罎に澱がたまるということはない。もっとも、ブドウ酒を飲んだあと、グラスの底に舌にちょっぴり澱のざらざらを感じるのもいいものだけど……。

このブドウ酒は〈ピンク〉の種類になっているが、もちろんピンク色ではなく、透明な褐色だ。あっさりイヤミのない味で、喉とおりがいい。

今年もオーストラリアに二か月近くいた。あまり知られていないけど、オーストラリアのワインはとてもおいしい。ぼくはワインだけはいいやつを、酒屋でもいちばん高い白のドライのワインを飲んでいた。ところが、箱型のもののなかにはいった、値段は四分の一ほどのカスク・ワインが好きになった。上等のワインは、そのこくが舌にからまり、じゃまになったのだ。

毎年送ってもらっている山梨のブドウ酒も、へたな味つけがなくていい。ふつうのワインはもちろん、名前の売れた一升壜のブドウ酒でも、なにか味つけを感じて、喉とおりがわるい。

凝《こ》ったふうのワインは、ぼくはきらいになった。ノンベエがたくさん飲むのにむいたワインもあるはずだ。このブドウ酒はさらさら喉とおりがよく、値段も安い。ぼくみたいなノンベエむきのブドウ酒だ。

甲州産ブドウ酒

うちではブドウ酒を飲む。山梨市の中村さんというひとが送ってくれるブドウ酒だ。

壜の底に澱ものがあったり、色も、やや茶っぽく、つまりは甲州のブドウ酒の地酒で、値段も安い。

これを一升壜で四十本ぐらいまとめて、送ってもらい、家の裏においてある。

ブドウ酒の前は日本酒を飲んでいた。「千福《せんぷく》」の二級酒だ。ぼくは、もとは軍港だった広島県の呉《くれ》市でそだった。「千福」は呉の酒で、そっけない味がいい。

ブドウ酒は、夏も冬も、冷やしたのを飲む。うちで飲むときの量は五合ぐらいだろうか。そのほか、ビールを一本。このビールが、最近二本になった。

うちのガキ娘がビールを飲みだしたのだ。メシをたべおわったあと、ゴハンつぶのついた飯茶わんに、ビールをごぼごぼついで飲んだりする。

そんな飲み方をしておビールがおいしいのか、ときいたら、味なんかどうでもいい、と娘はこたえた。

つい昨夜のことだが、娘はビール・フロートを飲みたいな、と言った。ソーダ・フロートのように、ビールにアイスクリームをうかしてたべたい、と言うのだ。

うちで飲むときは、わりによくたべる。昨夜は、まず、海苔《のり》の佃煮《つくだに》と塩らっきょうで飲みはじめた。

そのうち、コロッケが揚《あが》ってきた。うちのコロッケはおいしい。それに、アジの焼いたの。ほうれん草のおひたし。これは、さいしょはゴマをかけ、ゴマがなくなったので、カツオ節をけずった。

女房の弟が中学にはいったときの工作のカンナで、カツオ節をけずるのだ。中学一年野見山俊治、と義父《ちち》の字で大きくかいてある。太平洋戦争がはじまったころのことだろう。

九州の天草《あまくさ》の塩うに。これは、九州でだれかからもらった。色がすこしくろく、磯くさくてうまい。

蓮根《ハス》のバター焼きもでてきた。ぼくはハスが好きだ。しかし、近頃は、糸をひくような、やわらかい、身がぼってりしたれんこんにはぶつかったことがない。ごぼうのキンピラもできてきた。

いいかげん飲んで、テレビがつまらなくなったので、風呂にはいる。ぼくがうちで飲んでるときは、ぼくの好きなチャンネルにまわしてくれる。コドモたちもあきらめているようだ。

そして、みんながきらいなチャンネルにしておいて、それがつまらない、と言って、途中で風呂にはいる、とコドモも女房もおこる。

風呂からあがると、ランチョン・ミートとゆでタマゴをたべる。これは、いつもきまってる。

ランチョン・ミートは下等なたべものだが、なぜか、ぼくは、これが好きだ。ヨーロッパ製のランチョン・ミートは、たいてい、すりつぶしたじゃがいもがはいっていて、なかには、びろんびろんしたのもある。

一昨夜は、中国製のランチョン・ミートだったが、昨夜は、ニホンの明治屋のランチョン・ミート。明治屋のランチョン・ミートは、世界のランチョン・ミートからいえば、変格かもしれないけれど、とくべつにおいしい。

大根おろしもあった。レモンをしぼりこんで、ぺちゃぺちゃっとなめる。

ゆでタマゴはふたつ、まんなかから割って、おショウ油をたらす。小樽《おたる》であったパンスケがこんなたべ方をしていた。

コロッケは八つぐらいたべただろうか。

女房が気げんがいいと、おからもつくってくれる。

下町で飲むときは、酎ハイ（焼酎ハイボール）だ。新宿では、花園街（ゴールデン街）では、ビール、ブドウ酒、ジン。歌舞伎町の路地にうつって、「かくれんぼ」ではジン。「小茶」ではピーターと冷や酒を飲む。ピーターといっても女のコで、なぜか、ピーターは、いつもセーターを着ている。

「ダック」でもジン。これが、「まつ」にいくと、どうしてだか、ウイスキーになる。外で飲むときの量はわからない。そんなに量がおおいわけでもないが、かなりピッチもはやいほうで、それに、やたらなチャンポンで、花園街の「まえだ」なんかは、ひと晩に三回ぐらいは脱出するし（ということは、脱出しては、舞い戻ってるわけだが）「あんよ」「くろ」「あり」とハシゴだらけ、もう、うちにはかえれなくて、いつもチンボツだ。

ワインに茶碗蒸し

ぼくは、ふつうのオカズで酒を飲む。といままで言ってきた。しかし、これは正確ではなく、夕食は、ゴハンのかわりにワインやジンを飲んでるってことだ。

うちでは、七時半から夕食になる。なんでもぞろっぺえなわが家では、朝食も昼食も各人まちまちで、朝食がお昼の十二時をすぎる者もいる。ぼくも外にでたときなど、昼食はたいてい午後三時ごろで、そばをたべる。

そんなわが家だが、夕食は七時半からってことになっている。もっとも、うちの女房は、時間をきっちりまもるようなタマではない。七時半になっても、大きなテーブルの上にはなんにもないことは、めずらしくない。もとはなにかの作業台だった、がっしり頑丈で大きなテーブルだ。

しかし、七時半になると、ぼくはワインを冷蔵庫からだし、ひとりで飲みはじめる。ぼくは、いつも冷やしたワインを飲む。赤ワインも、たいてい冷やして飲む。夏なお寒いヨーロッパの風習を、ニホンにもちこむことはない。ニホンのなかでも、いろんな風土気候がある。自分の好きな温度で、ワインは飲めばいい。また、肉料理には赤ワイン、魚料理には白ワインときめてかかることもあるまい。もっとも、肉料理にはかならず赤ワインで、赤ワインは冷やしてはいけない、なんて規則が好きな人は、規則で飲めばいい。規則でワインがおいしければ、それでもけっこうではないか。

月曜日から金曜日まで、まだ見てない映画があるときは、ほとんど毎日、ぼくは映画の試写を見にいく。一時からの試写がおわるのは、午後の二時半から三時ぐらいで、そのころ、ちょいとそばをたべる。つづけて、三時か三時半からの試写を見ることもしょっちゅうだ。

そして、うちにかえってくると、寝ころがって本を読み、夕方の七時半からワインを飲みだす。

しかし、昨日《きのう》も、七時半には、テーブルの上にはガラスの皿にはいったホウレンソウのおひたししかなかった。これに、ゴマをふりかけ、醬油でたべる。娘などは、ホウレンソウにマヨネーズをつけたりする。

ワインを飲むグラスは、脚《ステム》の長い、ふつうのワイングラスではなく、てのひらにつつみこめるようなクリスタル・ガラスのタンブラーだ。

そのうち、ポテト・サラダができてきた。コドモのころから、ぼくはタマゴとポテトが大好きだ。今でもかわらない。コドモが酒飲みになったってとこかな。

頂戴《ちょうだい》物の明太子《めんたいこ》もある。大ぶりな、りっぱな明太子だ。明太子はひりりとしたからさをたべるだけではない。おいしい明太子は、からいなかに甘みがある。女房の実家は福岡だし、ぼくも福岡の学校にいった。博多名物の明太子は、今みたいに評判になる前から、博多から送ってもらっていた。韓国の南のほうのひとたちも明太子が大好きだ。もともと、朝鮮海峡・玄界灘をはさんだ両側のひとたちのたべものなのだろう。

電子レンジから茶碗蒸しがでてくる。まず、ぼくのぶんだけ。上の娘は結婚し、下の娘はヨーロッパを旅行している。いや、今ごろは、ニューヨークにいるかもしれない。

茶碗蒸しのなかには、平目《ひらめ》、カマボコ、さや豆、蓮、シイタケなど。女房の茶碗蒸しには、これにトリがはいる。うちの茶碗蒸しにはギンナンはない。ともかく、これでタマゴとポテトがそろった。

関西では、お鮨屋さんに茶碗蒸しがある。冬の寒い夜ふけ、もう鮨屋しかあいてなくて、湯気がたつ茶碗蒸しをたべながら飲んでると、生きかえったような気がする。ざんねんだが、お鮨屋さんには、まだワインはすくない。でも、外国のお鮨屋には、もちろんワインはおいてある、大きなワイングラスにたっぷりはいった白ワイン。つめたく曇ったフラスコのなかで、やさしい稲妻《いなずま》のように、なにか青白くゆれている白ワイン。

外国の鮨屋でもヤキトリ屋でも、ワインのほかにビールも注文する。ときどき、ビールで口をゆすぐと、ワインが新鮮《フレッシュ》になる。

はなしがそれたが、山椒の実がはいったちりめんじゃこの佃煮もテーブルにでている。これは、京都のおいしいもの。ちりめんじゃこも山椒のまるい実も、さらさらちいさくて、箸をつかうのはもどかしく、指さきでつまんでたべる。指の腹にあたる、山椒の実のちいさなまるみ。

このあたりで、ぼくは風呂にはいる。風呂からあがると、ワインとビールにジン・ソーダがくわわる。

おでんもでてきた。うちからあるいて十二、三分のマーケットには、もしかしたら東京でいちばんのおでん材料屋《ねた》さんがある。近ごろでは、有名なおでん材料もとくべつ高価なおでん材料も、みんな甘くなっている。ところが、このマーケットのおでん材料は、昔どおりで甘くなく、おまけに値段も安い。こんな店は、ほんとにすくなくなった。

「いつまで飲んでるのよ」女房はぶつくさうなりながら、ベーコンのはいったスパニッシュ・オムレツをつくっている。女房は、これでタマゴの打ち止めのつもりらしい。茶碗蒸しのなかのタマゴを、タマゴのうちに勘定されたんではこまる。

こうして、夕方の七時半から十時半ぐらいまで、ぼくの晩ゴハンはつづく。ゆっくり、ちょこちょこたべて、ゆっくり飲む。

ワインは、どんなたべものにも合う。それに、おもそうなワインでも、舌にからんできたりはしない。焼魚にワインというのも、おいしい。だいいち、さらっと飲める。

ぼくの大好きなポテト・サラダに日本酒では、ちょっとこまるが、ワインだとポテトとも和《なご》んで、すいすい飲める。

パリのヤキトリ屋

ドライの白ワインという言葉だけは、どこにいってもおぼえる。ぼくにとっては、いちばん必要な言葉だからだ。ただし、いちおう、それがつうじても、ちゃんとした言いかたかどうかはわからない。カタコトみたいなものかもしれない。

ある夏、西ベルリンに一か月ほどいた。西ベルリンとはれいの壁にかこまれた、せせっこましい奇形の街のようにおもってたら、街じゅういたるところみどりがある、樹木のおおい街だった。大きな湖が運河や川でつながって、そのぜんぶを船でいけば一日がかりだ。

西ベルリンでも、さいしょにおぼえたドイツ語が、ヴァイスヴァイン・トロッケン、白ワインのドライだった。

酒場では、ドイツ人たちは、日本酒の盃みたいにちいさなグラスにはいったシュナップスも飲む。ヤコビ1880なんてシュナップスの広告を、街のあちこちで見かけた。コニャックなど、ちゃんとしたブランデーのほかは、ブランデーもシュナップスらしい。シュナップスというところを引いたら、ブランデーと書いてた辞典もあった。

　ドイツでは、客がおおい酒場にいくこと。いや、ビールがどんどん出る酒場のほうがいいのだ。ちんたらビールが出る酒場は、生ビールの泡切りに時間がかかってまどろっこしく、そのあいだに、ビールもあったまってしまう。ぼくは、アルトというビールをよく飲んだ。昔ふうなビールって意味らしい。ふつうのビールよりも色が濃く、イギリスのエールに似ている。エールは、たいていのひとはビターとよんでいた。

　西ベルリンでも、ちゃんとした食事はしないのだが、白ワインのドライは一壜ちゃんと飲んだ。そして、酒場にいけば、アルト・ビールにシュナップス。

　ところが、大哲学者の名前をとったカント通りのアイリッシュ・バーにいくことがおおくなった。アイリッシュ・バーでは、アイルランド産のスタウト（黒ビール）を飲む。スタウトは泡がこまかく、まるでクリームのような泡の舌ざわりだ。アルコールの度もおおい。だから、ドイツ人の客に、「ここはビールの国のドイツだよ。そのドイツでアイルランドのビールを飲むなんて……」とからかわれた。ついでだが、この客がつれてるくろい犬は、ここにくると、お皿にビールをついでもらって、ぴちゃぴちゃなめていた。

　このバーでも、もちろん、白ワインのドライやシェリーを飲む。レストランなどにいけば、ワイン・リストをもってきたウエイターに飲むワインを相談するが、高いワインをすすめられたことは、ほんとに一度もない。たいてい、まんなかぐらいの値段だ。ノンベエは、こういうのがうれしい。

その夏は、西ベルリンからパリにいった。ベルリンにしてはめずらしく暑い夏だったようで、湖の海水浴場にはたくさんのひとがいた。

パリもけっこう暑くて、サン・ミッシェルのヤキトリ屋では、ドライの白ワインと交替に、ローゼも飲んだりした。空気が乾燥して、からっと暑いパリの夏の日の、いつまでもあかるい夕方には、白ワインよりも、もっとよく冷やしたヴァン・ローゼを水がわりみたいに飲むのもいい。

このパリのヤキトリ屋は、夕方七時の開店とほとんど同時に、客でいっぱいになる。そして、たいてい、ぼくがさいしょの客だった。ぼくは、あるいて十分ぐらいのところのホテルにいたし、パリ市内のどのバスにでものれるパスをもってたので、時間を見はからって、さっとやってくる。

このヤキトリ屋でいちばん珍重されたのは、なんだとおもいます？　トリの皮なのよ。ヨーロッパの人は、そしてアメリカ人もトリの皮はたべないので、すててしまい、ごくたまにしか、トリの皮は市場にでないのだそうだ。フランス語の白ワインのドライはヴァン・ブラン・セック。

ロンドンのオックスフォード通りから北にはいったところのヤキトリ屋は、トリの皮を、ぼくのためにとっておくとのことだったが、とうとう、口にはいらなかった。

翌年の二月、メキシコ・シティにいったときも、毎晩、ワインを飲んだ。メキシコ語（スペイン語）の白ワインのドライは、ヴィノ・ブランコ・セコ。いきつけのレストランで、白ワインの壜を一本飲んで、もうちょっとほしいなとおもい、グラスのワインを注文するとたいてい、白ワインをもう一壜もってきた。メキシコ・シティでも、ぼくがいくようなところは、英語はほとんどつうじない。それに、白ワインの壜をもってくるメキシコ人の女のコは、ほんとに若いコで、ぼくがなにか言うとニコニコし、ぼくのことを、すごいノンベエだとおもってたらしい。

うちの娘ふたりと、アメリカ西海岸のシアトル、サンフランシスコにいったときも、ぼくがいいかげんなワインを注文すると、上の娘から、「ワインだけは、ちゃんとした、おいしいワインを飲もうよ」とお説教された。

娘たちは、いいワインをたっぷり飲み、よくたべて、バイバイと手をふって、ふたりでどこかにいっちまう。もちろん、勘定を払うのはぼくだ。

アメリカ西海岸のバーや、ホノルルのバーでも、店のひとがうちでつくってくるたべものを、ぼくはよくごちそうになった。ちょいちょい、そんなことをするのか、と日系の女性にきいたら、その女性は、うーん、と言葉をさがして、「たまに、ロウドウシャに……」と言った。独身の労働者で、うちにごちそうなんかない者に、バーはそんなものをだすらしい。それが、ぼくだけに、フライド・チキンに魚、スパゲティ、サラダと、やたらにカウンターにならぶこともあり、あきれてるひともいた。

ワイン

ある夜、ボージョーレー・ヌーボーを飲む会というのにいった。フランスのボージョーレーの新ワインのことだ。

十月初旬にブドウの実をつみ、十一月二十一日に発売が解禁になるという。ワインにも、鮎《あゆ》みたいに解禁があるのがおもしろい。

それを、さっそく航空便でニホンにもってくる。ニホンもぜいたくになったみたいだが、そんなに高価なワインではないのかもしれない。去年、鹿児島でもボージョーレー・ヌーボーを飲んだ。ふつうのワインは長くねかした年代物がいいとされてるらしいが、このワインは新しいのが売り物で、まだ新しいうち、ま、年内に飲むものですね、と言われた。

この夜飲んだのは樽《たる》にはいった赤ワインで、フラスコにいれてきてグラスに注いだ。みんなぐびぐびよく飲み、飲みながらおしゃべりもはずんで、たのしい会だった。

フランスのひとたちにとっては、ボージョーレー・ヌーボーがでると、やがてクリスマス、年もおわりだなあ、といった気持ちがするのではないか。それがニホンにもうつってきた。

こくのあるようなワインではない。そのかわり、さらさら喉《のど》とおりがいい。ぼくみたいなノンベエにはむいてるワインだ。ヌーボー（新ワイン）という名前にふさわしい。

会がおわり、国電の品川駅でキップを買ってると、肩をたたかれ、会であった三人と駅のよこの飲屋で飲んだ。サツマ揚げを焼いてね、なんて言ってる。三人とも小説家で、みんな手酌で飲んで、あれこれ話す。じつは、はじめて飲む相手だ。二階の飲屋で、窓ガラスごしに、駅に出入りするひとたちが見える。コートに手をつっこんで、小走りにはしってるひともいる。

喉とおりのいいブドウ酒

アメリカ西海岸のシアトルとサンフランシスコに二か月近くいて、かえってきた。今年の一月なかばから三月にかけてはオーストラリアのシドニー、メルボルンにいた。ヒマだからあそんでるのだが、そのあいだ毎晩ワインを飲んだ。ワインだけでなく、その町、その地方のビールを飲む。ニホンには土地のビールなどない。オーストラリアのワインが意外においしいことは、あまり知られていない。ぼくはドライの白ワインを飲むのだが、酒屋で売ってる最高の白ワインが千五百円ぐらいか。

酒屋で一壜買い、知りあいのレストランにもちこんで飲んだりもする。

ところが、箱型のケースにはいったカスクと称する名もないワインが、だんだんおいしくなった。ケースは冷蔵庫にいれたまま、昔の酒樽の栓から注ぐみたいにグラスを栓にあてる。

近ごろ、ワインのうまみ、こくみたいなものが鼻についてきた。

せっかくのこくが喉もとでひっかかる。それよりも、さらさらと喉とおりがよく、いくらでも飲めるワインがいい。一杯のワインをじっくり味わったりはしない。えんえんとガブ飲みしてる男には、ワインのこくはじゃまになる。

シアトルやサンフランシスコでも、あれこれワインを飲んだが、ぼくもワイナリー（醸造所）まわりをしたことがあるサンノゼのドライのシャブリがおもになった。大壜のワインで、かなりさらっとした味だ。

しかし、それでもこくめいたものが舌の根にからまり、バカなはなしだが、毎晩、ワインの味に自分をなじませるようにした。

そして、今、うちにかえり、もうなん年ものつき合いの、山梨県勝沼の一升壜のブドウ酒を飲むと、すいーいとおいしく喉をとおるではないか。ぼくにぴったりのブドウ酒をずっと飲んでいたのに、今ごろ気がついた。

ブドウ酒からジンへ

うちでは七時半から夕食で、ぼくはブドウ酒とビールを飲んでいる。いつも、ブドウ酒と、ビールをならべて飲む。うちにいるときは、自分でかってに冷蔵庫からブドウ酒でもビールでもだしてくればいいが、とくに外国では、両ほうをいっしょに飲む、とはっきり言ったほうがいい。近ごろはだらしなくて、夏の東京は暑く、冬は寒いので、年に三か月以上、外国に逃げだしている。

こんども、アメリカ西海岸のいちばん北のほうの町のシアトルから、南のはしのメキシコとの国境の町サンディエゴにいて、ハワイによってかえってきた。

そのあいだ、ワインは、ずっとシャブリを飲んでいた。おなじ白のドライのワインでも、ラインよりシャブリのほうがあっさりしている。ラインはすこし甘いようだし、舌にからまるものがある。

ただし、シャブリは、つい、すいすい飲んでしまう。ぼくは脚《ステム》がついたワイングラスはきらいだ。うちでも、手のひらにいっぱいぐらいの大きさで、重くて、ひくいグラスでブドウ酒を飲むし、外国でも、アパートを借りて、友だちと飲むときなどは、ふつうのグラスで飲む。

いや、アメリカ西海岸で飲んだラインもシャブリも、ドイツのライン・ワインやフランスのシャブリ・ワインでなく、いわゆるカリフォルニア・ワインだ。

前は、さんざん、カリフォルニア・ワインのわるくちをきいたものだが、最近はあまりきかない。カリフォルニア・ワインはたいへんおいしくなったと言う者もある。オーストラリアのワインは意外においしいが、カリフォルニア・ワインの製法をまなんだとかきいた。ほんとに、オーストラリアのワインはおいしい。もっとも、いつも、ぼくは白のドライのワインしか飲まない。値段は、酒屋で白ワイン一壜三ドル半から五ドル半ぐらいだ。オーストラリア・ドルは、前は米ドルよりレートが高かったが、今は低い。

オーストラリアのレストランでは、ワインの壜をアイス・バケットにいれず、壜のかたちのものにすっぽりはいっていたりした。ケミカルなもので、ワインがあったまらないようにしてるのだろう。もっとも、高級なレストランは、やはりアイス・バケットだ。

シアトルでは、水みたいにワインを飲む、と女のコにあきれられた。町の通りでひろってきたニホン人の女のコだ。しかも、いっぺんにふたりもひろってくるなんて、とアパートにいたべつの女のコはあきれていた。

うちで飲むブドウ酒は、山梨県の勝沼町から送ってもらっている。一升壜のブドウ酒で、いっぺんに百本送ってもらう。運送屋さんが、「いったい、だれが飲むんですか？」とたずね、「わたしは恥ずかしい」と女房はコボす。

　このブドウ酒は白でも赤でもロゼでもない。茶褐色だ。前に、山梨県から送ってもらってたブドウ酒は、もっと色が濃く、野性味があった。そして、一升壜の底に澱《おり》がたまっていたりした。

　近ごろは、こうした山梨県の地酒のブドウ酒も、色もきれいに、澱などもなくなったが、あの野性的な味もなくなった。世のなかのなにもかもがきれいごとだから、しかたがないか。

　この一升壜のブドウ酒を、ほかのボトルにうつし、冷蔵庫で冷やして飲む。ぼくはつめたくてドライなワインが好きだ。アメリカふうなのかもしれない。ふつうのワイン愛好家よりも、ブドウ酒の温度はずっと下だろう。これは、冬でもかわらない。冬の夜のつめたいブドウ酒はうそ寒いみたいだけど、はじめの一杯ぐらいのものだ。それに、部屋をあったかくすればいい。ビールも、冬でもつめたくする。

　東京はニンゲンばかりおおくて、いい町ではないけれども、ビールだけは、ほかの町よりもつめたい。関西とでも、はっきり差がある。温度計ではかれば、ごくわずかの差だろうが、ぼくはひどい差に感ずる。

　ただし、東京でもキャバレーのビールは、たいていなまぬるい。そして、東京よりも沖縄のほうがビールはつめたい。米軍の占領期間が長かったからだろう。ついでだが、飲屋やバーでビールを注いでくれるときは、客の前にグラスをおいてビールを注ぐ。ところが、沖縄ではカウンターのなかでグラスにビールを注ぎ、それから、グラスを客の前におく。これも、アメリカふうなのだ。ヨーロッパもそうだろう。

うちではブドウ酒を飲み、それから、風呂にはいる。たいてい、九時十分前から風呂にはいり、九時すぎにでてきて、また、テレビを見る。テレビのコマーシャルのあいだにトイレにいくコドモはいるけど、十分間で風呂というのは、実験してみるとわかるが、たいへんにいそがしい。ぼくは頭は禿げてるが髭は濃く、毎日、風呂場で髭をそる。だから、十分ではからだをあらう時間がない。でも、毎晩風呂にはいるから、からだは清潔だ……と女のコに言うんだが、なぜか、ぼくのことをバババッチがる。

さて、十分間のお風呂のあとは、ブドウ酒からジンの炭酸割りのジン・ソーダにかえる。飲物のお色直しなんてイキなもんじゃないか……と自慢したら、ただ飲みすぎじゃないかアホ、とさげすまれた。

ジン・ソーダは、これまたドライですっきり、さわやか、こいつが、また、すいすいと喉をとおる。これまで、ジン・ライムなんぞを飲んでいた方は、ジン・ソーダにかえてごらんなさい。とても、いいものです。

ジン・ソーダを味もそっけもない、なんて言うひとは、ノンベエの段がひくい。ジン・ソーダを飲みだすと、ジン・ライムなんて甘ったるくて、いやらしい。

外で飲むときは、口にあったブドウ酒はないし、ワインがあるようなレストランで飲む気はしない。

それで、一昨夜、新宿にでたときに、歌舞伎町のせまい路地の「小茶」で刺身にするマグロを、甘くなく焼いてもらい、ビール、冷酒、ウイスキーのストレートを飲んだ。

それから、おなじ歌舞伎町のすこしさきの「三日月」にいき、オムレツとジン・ソーダをたのんだが、ここのオムレツは大きい。ちいさいオムレツでも、卵が六コぐらいはいる。卵がすくないと、オムレツがおいしくないそうだ。「三日月」のオムレツは、ま、世界でもいちばんおいしいほうだろう。ジン・ソーダのグラスもおおきく、そのグラスにいっぱいジンがはいっていたりして、ちびちび、炭酸をいれながら飲む。

もう、そのあたりで酔払《できあが》り、一昨夜は、オムレツはたべないまま、オムレツのお皿をもって、新宿ゴールデン街の、「まえだ」にいって、チンボツ。店の二階にあがる、せまい急な階段に顎《あご》をひっかけ、ぶらさがって寝ていた。

カスクのワイン

ぼくはオーストラリアにいる。毎年、冬と夏は、外国のあったかいところ、涼しいところにいくことにしている。ニホンの冬は、オーストラリアは夏だ。

オーストラリアはワインがおいしい。ヨーロッパのワインよりもおいしく、世界でいちばんおいしいのではないかと言うひともいる。ぼくはオーストラリアでは白のドライの極上のワインを飲んでいた。値段も、酒屋で買うワインのうちでは、いちばん高い。ほかのものでは、値段がいちばん高いものなど、ぼくは買ったことがない。しかし、ワインだけはとにかくおいしいワインをというわけで、お金のことなんか考えなかった。

しかし、なんどもオーストラリアにいってるうちに、カスクのワインを飲むようになった。カスクは樽《たる》のことだが、樽風というか、ビニールの銀色の風船のような容器で、この下のほうに栓がついており、長方形の紙箱にはいっている。この紙箱ごと大きな冷蔵庫で冷やし、栓をおして、とくとくっとグラスに注ぐ。

なんとも喉《のど》とおりのいいワインで、さらさら飲める。ぼくみたいなノンベエには、まことにぴったりのワインで、それこそ水みたいに、くいーっと飲む。カスクを飲みだしたら、極上のドライのワインも喉にひっかかりだした。ぼくにとっては、ワインの意識革命だろうか。

白のドライの極上のワインもいいけれど、カスクのワインのさらっとした喉とおりのよさは、なんともいえない。しかも、値段は八分の一ぐらいなのだ。ニホン人はカスクのワインなどは知らないから、これは、ひそかな、ぼくだけの安あがりのたのしみだろうか。

冬と夏に、どちらも二か月ぐらい外国にいるのもぜいたくだ、と言われたこともある。

ブドウ酒の色

頭がおもい。目もはっきり見えない。かといって、眠ることもできない。枕もとに、老眼鏡といっしょにおいてる腕時計を見ると、まだ七時半だ。

早おきは三文の徳、というけれども、ぼくは、十分でも二十分でも、よけい寝ているとトクした気になる。

朝、はやくおきてまでするような仕事はない。ついでだがぼくは、カンヅメになど、いっぺんもなったことがない。こんな小説家はいないのではないか。

今村昌平監督の「復讐するは我にあり」は日本アカデミー賞をとった。その原作者の佐木隆三さんは、小説とはまたべつの「復讐するは我にあり」の脚本を書き、文学座で上演する。

いや、佐木隆三さんなどは、カンヅメにつぐカンヅメで、まるで水害の救助食でも食ってるみたいだ。なかには、こっちの出版社のカンヅメと、あっちの出版社のカンヅメ、とカンヅメのかけもちをやってる作家もいた。二重結婚というのがあるが、これは二重カンヅメといったところか。

しかし、ぼくは、どの出版社からも、カンヅメを食ったことはない。ぼくをカンヅメにしても、それこそなんのメリットもないからだろう。ついでだが、メリットなんて、いやな言葉だねえ。商人用語みたいだがこういう英語を、英米人がつかうのは、ぼくはきいたことがない。たぶん、英語のかたちをかりたニホン語なのだろう。メリット、シビヤー、ケース・バイ・ケース、みんな、いやな、アホなニホン語だ。

ある作家をホテルや、出版社の寮などにカンヅメにするのは、むりをしてでも、その作家の小説がほしいからだろう。その作家の小説を雑誌にのせることで、雑誌の売上げに影響があり、あるいは、その作家の本を出版すると、確実に利益になるのでカンヅメにもする。

ところが、ぼくの小説が雑誌にのってたところで、雑誌にとって、マイナスの影響はあっても、プラスの影響はあるまい。それでも、たまに、ぼくの小説をのっけてくださるのは、いくつかの小説のなかに、ひとつぐらい、売れない小説をつっこんでいてもいいだろうという、編集者の温情にちがいない。

すべてがコンピューター時代になり、それこそメリットが、ポンポン、と数字ででるようになったら、ぼくなんか、もう、まるっきり、小説の注文はこないだろう。マイナス作家だもんな。

ぼくは、ストリップ劇場の舞台にでてたことがあった。深井俊彦という、ぼくの先輩がいて（どういう先輩なのだろう？）この深井先生が富士吉原のストリップ劇場の社長をやっており、さみしいものだから、ぼくをよんだりしたのだ。深井先生は、ふたつのストリップ劇場の社長をやってたこともあり、社長もふたつやると、いくらか食っていけるねえ、と言っていた。サラリーマンなら、だれでも、いつかは社長になりたいと夢みるだろうけど、ふたつ社長をやって、なんとか食えるような、きびしい社長もあることを、おぼえていてほしい。

その深井社長が、ぼくをよぶので、ピンク映画の女のコと、そのストリップ劇場にいき、からみ（ベッドシーン）の真似などしたが、このときのふたりの日ダテ（一日のギャラ）は四千円だった。

このピンク映画の女のコは、まだ、ほんのかけだしで、舞台なんてものははじめて。ぼくは、ほかのストリップ劇場にもうつって、二十日ばかり、このコの相手をしていたけど、ぼくだって、そんなに、ストリップ小屋であそんでなんかいられない。東京にかえることにしたが、ぼくと別れて、この女のコひとりでやっていけるか、と心配だった。

ところが、ぼくと別れて、この女のコひとりで、ヌード劇場の舞台にでるようになったとたん、四千円の日ダテが九千円になったそうだ。つまり、ぼくは、マイナス五千円のコメディアンということになる。

コメディアンでもマイナス・コメディアン、小説のほうも、マイナス作家ではどうしようもない。

現在の出版社は、漫画、劇画で利益を上げ、その利益を小説雑誌のほうにまわしてるという。だから、小説家は、漫画家、劇画家のおこぼれで、食っていってることになるが、ぼくなんかは、そのまたおこぼれで、食いつないでるわけで、どちらをむいても、ただ頭をさげるよりほかはない。

頭がおもいのは、昨夜、すこし飲みすぎたからだ。たいして飲んではいない。うちで飲んでいて、お客さんがあったわけではなし、そんなに飲みはしない。

それに、ブドウ酒とビールしか飲んでいない。

頭はおもく、もっと眠っていたいが、寝てられないので、階下《した》におりていく。まだ、うちの者は眠っている。犬がキューン、キューン鳴き……ひと恋しくて、ほんとにそんな声をだす……ほかの者が目をさますといけないので、犬の頭をなで、煮干しをやる。

そして、ヤカンでお湯をわかし、玄米茶をいれた。ヤカンという言葉は古いかもしれないが、湯わかしでお湯をわかした。なんて書くのはバカらしい。ところが、実際にしゃべるときは、べつにへんでもないし、どうってことはない。ぼくなどは、しゃべる言葉と書く言葉は、あんまりかわらないみたいだが、それでも、だいぶちがうのだろう。

ここのところ、ぼくは玄米茶を飲んでいる。その前は、新宿ゴールデン街の「プーサン」のママから、大袋でごってりもらったほうじ茶を飲んでいた。

お茶は、リッカー・カレッジの、手でにぎる柄（？）がついたマッグに注いだ。ビールのジョッキみたいなかたちだが、陶器でできている。中ジョッキぐらいの大きさだ。

リッカー大学《カレッジ》は、アメリカ東部のうちでも、いちばん東のメイン州の、その北のはしのカナダ国境のすぐ近くのホールトンの町にある。すげえ寒いところだが、スキーは、たっぷりできるらしい。

リッカー大学にいってたニホン人の女のコが、ぼくに、このカレッジ・カップをくれたのだが、この女のコとは、マサチューセッツ州のアマーストにある、アマースト大学《カレッジ》で、夏のあいだいっしょだった。そのあと、彼女はリッカー大学にはいったのだ。

そのとき、ほかの学生たちと、ディープ・サウス（最南部）のニューオリンズまでバス旅行をしたが、ぼくとその女のコは、ずっと、ふたりならんだ座席で、手をにぎりあって、すわっていた。アメリカの少女小説ふうに言うと、彼女とぼくは、ステディな仲だった。

彼女は、今は結婚して、子供もでき、春にもなり、しあわせみたいな気持ち、と、手紙をよこした。

玄米茶をいれたリッカー大学のカレッジ・カップには1848という文字があるから、一八四八年の創立なのだろうか。学生数はすくないが、古いカレッジなのかもしれない。そのリッカー大学が、去年、破産したようなことをきいた。大学にも破産ってことがあるのだろうか。そりゃ、あるかもしれないが、破産した大学の在学生はどうなるのか？　破産管理大学なんてものができて、そちらのほうにうつるのか？　大学にもロクすっぽいかず、除籍になってるぼくが心配することではないが。

汗をたらして燗をして

長いホースをひっぱってきて、ガスコンロを右わきにおく。それに、大きな湯わかしをかけて、酒の燗をする。お銚子は三本。食卓の上には飲んでるお銚子と、燗をする準備ができたお銚子に、湯わかしのなかにお銚子。

いや、たいしていそがしくはない。また、こういういそがしさは気にならない。食卓のむこうには、机の上にテレビがのっかってるが、テレビも見ない。白黒のテレビで、メーカーのものではなく、秋葉原あたりで部品を買ってきた個人製作のテレビだ。

性能はメーカーのとおなじで、値段は半分以下ということだった。このテレビをつくった男は、甲種飛行予科練習生、予科練のいちばんたくさん戦死者がでたクラスで、生き残ったのは、わずか四人だという。それで、「空中戦では、ずいぶんこわい目にあったでしょう」とぼくがたずねると、「いや、それよりも、生き残った三人が、いまたずねてくるのがこわいです」と言った。同期の者は、ほとんどみんな戦死したなかで生きていたのは、よほどのサムライだろう。

目の前にテレビがあるのに見ないのは、ひたすら酒を飲んでるからだ。ひどいめんどくさがり屋のぼくが、酒の燗だけは自分でやる。一度ぐらいは、女房が燗をしてくれたこともあったが、ひどいものだった。こまかな気づかいが、まるでないのだ。女房の酒の燗に満足してる亭主は、なんとしあわせなひとだろう。

まだ娘ふたりがちいさくて、飲んでるぼくのそばで、ちょこんと食卓にならんでたこともある。もちろん、おとなしく食卓にいるのはごくわずかで、すぐ、家じゅうをかけまわる。戦災で焼けなかった家で、三畳、四畳半、六畳、八畳、それに板の間の食事をするところに台所、風呂場もある。庭に面した長い縁側が、また家を広くしている。住宅事情のわるいころ、そんな家に、家賃なしで、ぼくは住んでいた。

ぼくが飲んでるのは、三畳の玄関の間の奥の四畳半だ。そのうしろに、板の間の食事するところ。友だちがきて飲むのは、この板の間のほうで、ぼくひとりだと四畳半で飲む。これは、いったいどういうことか。

夏の日に、友人がぼくのうちにたずねてくると、娘ふたりが玄関にならんで立ったが、すっぽんぽんだったそうだ。そして、ぼくは台所から一升壜を二本ぶらさげてきて、友人と飲みだしたという。

ぼくは米軍の医学研究所につとめ、ミステリの翻訳をやっていたが、土曜日曜はやすみだった。そのころ週休二日というのは、たいへんにめずらしかった。そして、この二日間、ぼくは翻訳もぜんぜんしないで、自転車にのり、映画を見、酒を飲んでいた。外で飲むのは、あとでは渋谷がおおくなったが、うちの近くの池上線の雪が谷大塚、自由が丘、奥沢、どこでも飲んだ。東横線の田園調布の駅も近かったが、ここには飲屋はなかった。

渋谷のノンベエ横丁の「鶴八」では、夏でもおでんをやっていて、客はみんな酒を飲んだ。ウイスキーを飲む客があらわれたのは、ずっとあとのことだ。

真夏でも、ぼくは燗をして酒を飲んだ。ぼくは体重が八十キロぐらいあり、もともと、子供のときからデブで、よく汗をかく。だから、夏の暑い日には、はだかになって、汗をぬぐいながら酒を飲む。いまでも、半ズボンに上半身はだかで酒を飲む。半袖のうすいシャツでもうっとうしい。はだかは、どんなに気持ちがいいか。冷房は、なるべくつかわないようにしている。

だが、そのころは、夏、うちで飲むときは、半ズボンもはいていなかった。それどころかパンツも脱いで、タオルをしいて、ぽとぽと汗をしたたらせ、酒を飲んだ。そんな酒のうまいこと。

オヤジはまっぱだかで酒を飲んでいて、そのそばに、やはりまっぱだかの娘がふたりいる。「あら、あら、親子はだか大会ね」と女房が言ったりした。

そして、ぼくはいんちきハンバーグと称するものをたべた。ひき肉でつくるハンバーグではない。もちろんひき肉がおもだろうが、肉の筋などもはいっている。かたちはまんまるで、直径八センチぐらい。厚さは一・五センチほどかな。

こいつを、酒の燗をしてるガスコンロにフライパンをおいて焼く。厚みがあるので、そんなにすぐには焼けない。焼いて、ほんのすこし焦《こ》げ目ができたぐらいのところを、熱いので、はふはふ言いながら、たべる。それに、そのころは、ほとんど知られていなかったからいタバスコをかけた。それが、酒のサカナだった。

もちろん、ほかにも、たべるものはたくさんある。だが、酒のサカナが、きちんときれいにならんでるといったぐあいではない。かなり、ごたごたとおいてある。ぼくが好きなので、たいていオムレツやポテトサラダがある。

　日本酒はおかしな酒で、いやーうまい、と身にしみるように感じることがある。あと二、三日でヨーロッパにいく。二か月は滞在して、毎日、ワインを飲んでるだろう。でも、じーとからだをつらぬくようなワインはない。だから、なるべく、さらさら喉とおりのいい、つまりは水みたいなワインを飲んでいる。それはそれでおいしい。

　ときたま（しょっちゅうではない）日本酒をじーんとからだぜんたいで感じるのは、やはり燗をしてるせいだろうか。かおりと味だけでなく、あたたかさまで、からだにしみてくる。

　ぼくは地酒への信仰みたいなものはもってない。地酒はたいていくどい味で、まずい、と言う友人がいる。なかのいい友人だ。ぼくも、ほとんどの地酒はヤボったくて、舌にからまる、とおもっている。それでも、群馬県の名前も知らない温泉宿で、身にしみる地酒にあったことがある。なん年に一度でも、いや一生に一度でもそんな酒にあえればいいではないか。

好きな地酒

小学校の一年生のときから、ぼくは広島県のもとの軍港町呉の東三津田《ひがしみつた》というところに住んでいた。呉は三方から山が町をとりかこんでいる。東三津田は町の西側で、南にむいた丘の町だった。ただし、このあたりの方言かどうか、丘とはよばず、山と言った。

ぼくの家は人家としては、いちばん高いところにあった。くりかえすが南の斜面で、教会の土地は山の稜線までつづいていた。うちはどこの派にも属さない独立の教会だった。

そして、山の稜線の上に平たいところがあって、茶屋のようなのがたっていた。もともとは、セーラー万年筆の創始者の阪田久五郎さんの別荘で、建物はちいさいが、ちょっと凝った建築で、池もあり、けっこう庭も広かった。

そんなのが、山の上にぽつんとあったのだ。教会の土地のなかでは下の方になる、ぼくたちが住んでる家からでも、そこまであがるのには、五、六分はかかっただろう。

山の稜線の上だから、そこをこすと、こんどは下りになる。瀬戸内海特有の段々畑で、これまた畑のなかの道を十分ぐらい下ると人家がある。そのいちばん高いほうに、いまは九大教授の村瀬一郎の家があり、山をこえてよくあそびにいった。毎日あそびにいってたこともあるのではないか。

その村瀬一郎のうちから、人家のあいだの坂道をまっすぐおりていくと、「一勝」という酒造所があった。

呉の「千福」は有名だが、「一勝」は土地の人だけしか知らない。ほんとの地酒ってところだろう。「一勝」の工場は、なんだかがらんとして、人かげがすくなく、そのそばをとおるたびに、とてもいいにおいがした。清潔な感じのいいにおいだった。

三津田の山の反対側のほうには醬油工場があったが、これはくさくて、いやなにおいだった。酒をつくる工場は、どうしてあんなにいいにおいなんだろう、と子供ゴコロでもふしぎだった。

この「一勝」の工場の近くには、阪神タイガースの看板男になった藤村富美男の家があった。ぼくが通った二河《にこう》小学校の校区で、藤村富美男も二河小学校にいったときいている。藤村は、たしか呉港中学四年生のときに夏の甲子園で優勝している。

「一勝」のむこうには二河川があり、この川にかかった橋をわたって、二河公園の球場にいく藤村ののっそりした姿を、よく見かけた。球場にはいっても、あまり学校にはいかなかったのではないか。

はなしが藤村富美男のほうにそれてしまったが、「一勝」はなつかしい。また、ある時期、「千福」は中国大陸に工場をもっていたときいた。ニホンではお目にかかれず、海外でしか飲めない酒がある。たとえば「キッコーマン」という酒。醤油が世界中で売れてるので、ついでに酒も、ってことになったのだろう。

このあいだ、あるところで「澤乃井」の吟醸を飲んだら、とてもおいしかった。味があっさりしていて、さらさら喉とおりがいい。ぼくみたいなノンベエは、なによりも、さらっと飲める酒がいい。へんにこくがあるみたいなのは、困る。

「澤乃井」は東京都の青梅《おうめ》の酒だときいた。東京にこんな地酒があるとは知らなかった。地酒と言えば、どこかに旅をして飲むものとばかり思っていたのに、お膝元に地酒があるとはありがたい。

ぼくは青梅のあたりにも住んでたことがあるが、おなじ東京のなかでも、いまいる海に近いほうとは、五度ぐらい気温がちがうこともあるのではないか。「澤乃井」の酒をつくる井戸の水が、これまたすばらしいときいたけど、冬はきりっと寒いのも、酒つくりにはいいのかもしれない。やはり東京の地酒の「多満《たま》自慢」は有名で、またいろいろ工夫している。

酎ハイ党

ぼくは酎ハイが好きで、ずっと前から酎ハイを飲んでいる。しかし、東京でも酎ハイを飲むところはかぎられていた。

いちばんよく飲んであるく新宿でも、新宿西口には焼酎を飲ませる店はあっても、酎ハイはそれほどポピュラーではなく、また、なぜか新宿西口は足が遠い。

ぼくのお得意の新宿ゴールデン街や歌舞伎町あたりでは、ぼくのいきつけの飲屋は、九州の焼酎はおいていても、まだ酎ハイはやっていない。ついでだが、九州の焼酎はお湯で割って飲む。九州の焼酎の炭酸割りというのは飲んだことがない。

そんなわけで、酎ハイを飲むためにはぼくのホームグラウンドの新宿や渋谷から遠征しなければいけなかった。近いところでは池袋、目黒、五反田の飲屋。旅行して、はじめていった町で、さて、どこで飲むかというのは、旅のいちばんのたのしみだが、酎ハイがありそうな飲屋をさがす。

やや遠いところでは、もう千葉県に近い青砥《あおと》。ここのヌード劇場にでてたこともあり、近所の飲屋で酎ハイを飲んだ。亀戸、向島、北千住、三ノ輪、浅草千束《せんぞく》、浅草の観音様裏の飲屋。

ノンベエには有名な北千住の飲屋の酎ハイは、氷がなくて、炭酸の壜が冷やしてあった。三ノ輪の飲屋は前からいきつけで、野坂昭如さんらといっしょに、安達瞳子《とうこ》さんなどの美女を前に、ハダカ踊りをしたことがある。ハダカ踊りをしたのは、五人のバカな男で、曲は五木の子守唄、五《いつ》チンの子守唄というココロであります。

浅草千束の猿之助横丁の飲屋はぼくの友人の店で、俳優の殿山泰司さんともなんどもいったし、この店にいけばだれかにあう。そして、つい酎ハイを飲みすぎる。

大きなグラスの酎ハイを四杯ぐらいまでならいいが、五杯になると、飲みすぎる。つい新宿にいっちまう。新宿ではジン・ソーダで、つまりジンハイだ。大酔払《できあが》りで新宿ゴールデン街でチンボツ。かなしいことになる。

今でもそうだろうか、下町の飲屋では焼酎にガムシロップをいれ、それが、その店独特の色と風味《フレーバー》となった。北千住の飲屋は、たしかブルーのガムシロップ。三ノ輪の飲屋は琥珀《こはく》色、浅草観音裏の飲屋はグリーンで、これはいささかソーダ水っぽい色だ。

近ごろでは、酎ハイ党もぜいたくになってきて、ガムシロップはやめて、レモンをはんぶんにきって、しぼりこんだりする。

なかには、焼酎をミルクで割って、ミルク酎なんてのを出す店もある。グレープフルーツ・ジュースで割った、グレ酎は焼酎がグレたみたいだ。

しかし、ぼくは焼酎を炭酸《ソーダ》で割った酎ハイが好きで、ウイスキーも水割りよりは、昔ながらの炭酸《ソーダ》割りのハイボールが好きだ。だから、新宿歌舞伎町の飲屋なんかでは、ぼくがいくと、ごちゃごちゃたくさんならんでる近所の店からソーダの壜をかりてきたり、ぼく自身が近くのスーパーにソーダ壜を買いにいくこともある。

酎ハイは下町では正統派《オーソドックス》の飲物だったが、ほかでは、酎ハイという名前も知られておらず、ぼくが酎ハイのことを書くときでも、焼酎ハイボールを略して酎ハイ、といちいち説明をいれたものだが、ここのところ、酎ハイがぐーんとひろがってきて、たいへんにうれしい。

「村さ来」は都内のあちこちや、全国各地に店があって、ぼくが好きな酎ハイをおいており、わざわざ下町にいかなくても、気がるに飲めるのでいい。

ぼくは東横線の田園調布の駅でのりおりするが、おなじ東横線の中目黒にも、「村さ来」があって便利だ。ともかく、酎ハイはさっぱりしている。暑い季節には、とくに涼しい飲物だ。ただ、つい飲みすぎる。

焼酎そだち

ぼくは焼酎そだちだ。戦後、飲みはじめたときには、ビールや清酒は闇値が高くて、手がとどかず、また、酔いかたもたよりない。しかし、焼酎はグッときく。

いろんな地方にいろんな焼酎があるとおもうが、ぼくは九州の焼酎と沖縄の泡盛が好きだ。泡盛にもかなり高価な古酒とか、また、沖縄本島と八重山諸島の泡盛では、はっきり味がちがうそうで、おたがいに自慢する。沖縄では泡盛をセブンアップで飲むひとがおおい。東京の三ノ輪の有名な泡盛の店「亀屋」では、泡盛のラムネ割りをよく見かける。

鹿児島の焼酎はイモから、すぐおとなりの熊本県の球磨《くま》焼酎は米からつくると言われてるが、そんなにはっきりわかれてるわけではない。宮崎県の蕎麦《そば》焼酎、長崎県の麦《むぎ》焼酎、そのほか黍《きび》焼酎、奄美大島の黒糖焼酎など、それぞれおいしいけど、焼酎の原料が、たとえばぜんぶ蕎麦だということではないらしい。

こういう焼酎は、夏はオンザロックもいいだろうが、たいていお湯割りで飲む。もとは、ジョカとかチョカとかいう、大きなドーナツに鎌首がおったたってるような、なぜか黒っぽい色の焼酎用のお銚子に、焼酎と水をいれ、じか火にかけて燗をした。でも、今は、たいてい魔法瓶のお湯で割る。九州では、魔法瓶がいちばんつかわれるのは、焼酎を飲むときかもしれない。ついでだが、九州では高級バーにいくと焼酎がある。大会社の社長さんなんかにも焼酎党がおおいからだろう。

クマさんと酎ハイ

浅草・千束の猿之助横丁に、クマさんこと熊谷幸吉さんがやっている飲屋「かいば屋」がある。ここでは、ぼくは酎ハイを飲む。焼酎ハイボールだ。

主人のクマさんは、ひところ、ミル酎を飲んでいた。ミルク割り焼酎だ。ミルクをサカナに、いっしょに飲むから、ナマケ者には便利だよ、とクマさんはわらっていた。

それが、グレ酎にかわった。焼酎までグレちまったようだが、グレープフルーツ・ジュースで割った焼酎だ。

クマさんの店では、酎ハイなどの値段を書いた紙が壁にはってあった。その紙が、あるときから、なくなった。

「どうして、なくなったんだい？」

とぼくがきくと、クマさんはこたえた。

「変動相場制になったのよ」

飲屋の値段が変動相場制というのは、どんなことなのか、ぼくは首をひねっていたが、そのあと、なん日かして、「かいば屋」にいくと、クマさんが言った。

「きょうは高いよ」

「なんで？」

「場外馬券を買って、スッちまった」

飲屋の主人が競馬に負ければ、酎ハイなどの値段が高くなる、これがクマさんの言う変動相場制だったのだ。

また、客による変動相場制もあるようで、うちの下の娘が飲みにいくと、いつも飲み代は二千円だそうだ。

クマさんの店では、味噌《みそ》豆をぽつりぽつりつまみながら、ぼくは酎ハイを飲む。飲むサカナに味噌豆というのは、やはり下町ふうなのか、クマさんの好みなのか。

推理作家の都筑道夫さんがクマさんの店にいくと、クマさんはひとっぱしりして、近所の「鮒金《ふなきん》」から、うぐいす豆を買ってくる。都筑さんはうぐいす豆でウイスキーを飲むのだ。

このあいだ、都筑さんが、やわらかくて、あったかそうな毛皮のコートを着ていた。ミンクのコートだってさ。ミンクって高いだろうなあ。

ビールの泡

アメリカのバーでは、たいていのひとがビールを飲んでいる。それも、わりとゆっくり飲む。ビールのグラスを前において、飲むより、おしゃべりをたのしんでるようでもある。

ただし、バーと言っても、ニホンのバーみたいに、ホステスがいたり、なんてことはない。カウンターのなかに女のコやオバさんのバーテンがいることがあっても、客とぺちゃぺちゃしゃべったりはしない。もっともぜんぜんないわけではなく、ずいぶんきわどいというより、まるっきりのダーティ・ジョークを言いあったりしたこともある。

アメリカのバーはニホンの喫茶店みたいだと言うひともいる。コーヒーや紅茶を飲むためよりも、おしゃべりをするために、喫茶店にいく。それと、おなじようなもので、コーヒーのかわりに、ビールを飲むってわけだ。

アメリカにもコーヒー・ショップがあるが、ここは、ほんとに、コーヒーを飲んだり、なにか軽いものをたべたりするところで、あんまりおしゃべりなどはしない。

サンディエゴには、ビールとワインだけのバーもあった。ダウンタウンの「オキナワ」という沖縄の女性がやってるバーや、五アベニューの坂の途中の「ノーマ・ジーン」のバーもそうだった。

ノーマ・ジーンはマリリン・モンローが映画女優になる前の名前で、ここのママは年増だが色気があった。

アメリカでは、今でも、禁酒町や禁酒地区がある。しかし、そんなところでも、ビールとワインは飲めるようだ。だとすると、サンディエゴのビールとワインだけのバーは禁酒バーか。

もっとも、アメリカのアル中のひどいひとのなかには、ワインばかり飲んでるのがいる。ビールを飲みつづけてるアル中もいる。アル中のことをWINOと言ったりするが、これは、WINEからきたものだろう。

ただし、はじめからビールばかり飲んでたのでは、アル中にはならない。なったとしても、アル中ではなくて、泡中だろう。

WINOにしたところで、ウイスキーやジンでアル中になり、それから、WINEびたりになるのか。禁酒地区は、アル中のための地区かもしれない。

一か月ほど、西ベルリンにいた。用があったわけではない。どこの町にいってもそうだが昼間はバスにのり、夜は酒を飲んでいた。ドイツのビールは有名だ。これは、ドイツ産のビールがとくべつおいしいとかいったことのほかに、ドイツ人はビールにやさしく、心こまかに気をくばっている。

だいいちに、ビールの泡をだいじにする。ニホンでも、ビールは泡こそ命なんて言うひとがいるが、ドイツでは、グラスにビールの泡の山をつくり、その山がへこんでくると、また、山にかさねてビールの泡の山をこしらえ、と、そんなことをくりかえす。

だから、ビールを注文しても、なかなかビールがでてこない。かなり時間がかかる。ビールの泡は、こまやかなのがいいそうだ。つまり、ふわふわの泡ではない。こまかで、濃密で、ねっとりしている。まるで、クリームのようだ。

ビールの温度のことをやかましく言うひとが、これまたニホンにもいる。ビールを冷やしすぎてはいけないと言うのだ。そんなひとのビールの理想の温度は、ぼくなどには、なまぬるくてしようがない。アメリカ人の言う、ワーム・ビーア、あったかいビールだ。

じつは、ぼくはビールの泡も好きではない。泡をくってるのが、バカらしい。ぼくはケチなのだろう。アワでごまかされるのはいやだ、という気がある。そして、アメリカふうに、よく冷えたビールが好きだ。

七月二十日すぎ、ニホンではいちばん暑いさかりにベルリンにいくと、つめたい雨が降り、このまま冬になるのかなあ、とはなしていた。そんなところでは、よく冷えたビールはぞっと寒くなる。

しかし、ニホンで、ドイツのビールの温度を真似ることはない。ネクタイや背広だってそうだ。夏なお寒い（けっこう涼しい）イギリスやドイツの真似をして、汗をかくなど、こっけいすぎる。また、こういった国でも、紳士しか、きちんとネクタイなんかはしていない。ニホンには、なんと紳士のおおいことか。お酒だって、あたりまえのことだが、自分で好きなように飲めばいい。

カストリとバクダン

新宿西口の安田組マーケット、進駐軍の残飯のシチューをたべ、まだ金があればカストリを飲む。一杯三十円のカストリを鼻をつまんで飲んでる者もいる。

カストリは、今でいうならば、沖縄の泡盛や九州の焼酎の種類の乙種の焼酎の系統だが、米やイモからつくったものではなく、雑穀が材料で、それに密造の闇酒だった。

ぼくは学生だったが、新宿西口のテキヤの子分で、東口の和田組マーケットあたりも、うろちょろしていた。客がカストリ屋のオヤジにたずねてる、「きょうのカストリ、なんだか焦《こ》げくさいぜ」おやじがわらう、「そのとおり。このカストリをつくるとき、材料を焦がしちまったんでね」

その日によって、カストリの味もにおいもちがうのだ。新橋の烏森《からすもり》口の飲屋で、ひどいにおいのカストリを飲みほんとに鼻をつままなきゃ喉をとおらず、文句をいったら、そのカストリをつくるときに、古タイヤを燃料にしたんだって。ゴムくさいカストリ。

ずっと昔から、濁酒《どぶろく》などの密造酒はあったのに、どうして、あの戦後の混乱期にだけ、カストリなんてあやしげな焼酎があらわれたのか。だから、なにかあの時代を象徴してるようで、カストリみたいにうさんくさく、味（中身）もわるけりゃ、材料（紙）もあやしげな雑誌という意味からか、カストリ雑誌なんてのもあった。『猟奇《りょうき》』とか『性文化』とか名前だけはどぎつい、ぺらぺらな紙の安雑誌。

でも、カストリの名前は今でも記憶にのこってるが、ぼくがよく飲んでいたバクダンはすっかり忘れられてしまった。カストリ全盛時代はバクダンの愛好者もおおくて、その人数は半々ぐらいだっただろう。

バクダンは雑穀などからつくるのではなく、どこからか、闇のアルコールを仕入れてきて、これに水を割っただけのもの。こいつを飲むと、ドカンと効くからバクダンという名前がついたのか。値段はカストリとおなじか、もっと安いこともあった。

戦後、ぼくは進駐軍でもはたらいていたが、GI（アメリカ兵）たちとそれこそ、どこかからアルコールをもってきて、トーピードー（魚雷）ってのをつくった。戦勝国の兵隊たちもいんちきバクダンをつくってたというわけだ。

カストリもバクダンもよく効いたというけど、アルコールの度はたいしたことはない。しかし、お粗末な密造だから、おそろしいメチルやフーゼル油などの不純物がおおく、頭にきた。ぼくはテキヤの商売で、焼酎をウイスキーに変えるクスリというのも売ったことがある。もちろん大インチキで。

ミル酎にはじまって

でっかいグラスに氷をいれ、クマさんは一升壜をもちあげると、どくどくーと注いだ。そして、冷蔵庫からカートンをだし、グラスの上でかたむけた。

グラスのなかが白くなっていく。牛乳のカートンだった。これが、クマさんのミル酎だ。

一升壜には「球磨焼酎」というラベルがはってある。ミルク割り焼酎で、すなわちミル酎。

ミル酎のいいところは……と、クマさんはクスッとわらった。酒のサカナがいらないことだね。

そういえば、クマさんが飲んでるときに、なにかを食べてるのを見たことがない。いや、ミル酎を発明する前からだ。それで、栄養が足りないとおもって、ミル酎をはじめたのか。今では、栄養が足りすぎて、おスモウさんみたいになっている。

ここは、浅草千束・猿之助横丁のクマさんの店「かいば屋」だ。ぼくは酎ハイを飲んでいる。これもでかいグラスに一升壜から焼酎を正一合（ほんとは、もっとある）たっぷりいれて、ソーダで割る。下町では、ごくふつうの飲料物だ。ぼくのとなりの石崎さんは焼酎をトマト・ジュースで割ったトマト焼酎。

新宿ゴールデン街の「まえだ」でも球磨焼酎を飲むひとはおおい。野坂昭如さんなども、ここでは、いつも球磨焼酎だ。野坂さんみたいに焼酎ストレートのひともいるが、たいていは、お湯で半々ぐらいに割って飲む。

そのお湯を、「まえだ」のママは、なぜか、ちいさな鍋でわかす。「なぜ、鍋で？」と、ぼくはふしぎなのだが、そんなことをたずねると、「うるさい、コミ！」とどなられそうなので、がまんしている。

九州でも、ほとんどのひとが、焼酎をお湯で割って飲む。もとは、水で割って、黒ジョカ（チョカ）という胴体のまるいアヒルが首をのばしてるようなかたちのもので直火《じかび》にかけてお燗をしたものだった。

しかし、今では、魔法瓶に熱いお湯をいれておいて、焼酎の晩酌をやるひとが、九州ではおおい。めんどくさくないもの。

球磨焼酎は、熊本県人吉《ひとよし》、球磨地方の焼酎の総称だ。地元では、「峰の露」などのそれぞれの銘柄で売っている。東京で、ぼくたちが飲んでいる「球磨焼酎」は九州以外に売りだすときの統一ラベルのようだ。

原料は、ごくわずかの銘柄がサツマイモのほかは、ほとんど米だときいて、すこしおどろいた。おとなりの鹿児島県の焼酎は、ほとんどがサツマイモなのに……。そして、人吉、球磨地方といえば、鹿児島県のすぐそばなのだ。

大分市の繁華街のどまんなか、デパートやほかの大きなビルのあいだの谷間みたいなところに、戦後すぐにできたままの古い飲屋の路地があった。

まわりのにぎやかさからは考えられないくらい、人かげもない、しずかな飲屋の路地で、ここで、大分名物の麦焼酎「やつがい」を飲んだ。

路地はしーんとしてるが、ちいさな店のなかはにぎやかだった。焼酎はうまく、サカナもうまい。こういう飲屋を見つけるのは、ぼくは上手だ。だれにもおそわらなくても、ちょろっとはいりこむ。

麦焼酎のサカナは、まず、これも、大分名物のアサリの酒蒸し。麦酒といえばビールだし、麦焼酎ならウイスキーだろうが、ちゃんと九州の焼酎の味がするのが、おもしろい。

本邦最西端の五島列島の有川町《ありかわちょう》で、なぜか、そば焼酎を飲んだ。なぜ、佐世保から船にのって五島列島にいったのか、自分でもわからないし、その五島列島のなかでも、なぜ有川町にいったのかもわからない。

そして、どうして、五島列島で、宮崎名物のそば焼酎を飲んだのかも……。そば焼酎を、さいしょに飲みはじめたのは、有川町の前は海のラーメン屋だった。

ぼくは、旅にでて、ラーメン屋になんかいくことはない。いったい、なぜ、五島列島の有川にきて、ラーメン屋に焼酎を飲みにいったのか？

ともかく、このラーメン屋の主人と板前さんもいっしょに、ほかのスナックやバーもまわって、そば焼酎を飲み、ひとり、店に残ったラーメン屋のカミさんが、ぷんぷんおこっていた。おこるはずだよなあ。

宮崎県は、だいたいイモ焼酎だが、このところ、九州だけでなく、宮崎のそば焼酎が大流行だ。イモ焼酎のくさみがなく、いわゆるマイルドな味だからだろう。「雲海」「刈干《かりぼし》」「奥高千穂」など、高千穂町のあたりで、できるらしい。そのほか、トウキビ焼酎、ヒエ焼酎もある。

長崎県は、壱岐島《いきのしま》が焼酎の産地で、島に三十ぐらい焼酎屋さんがあるそうだ。「天の川」「壱洲盛」「壱岐」「猿川《さるこう》」などで、ここの焼酎は米と麦の混合がおおいというのが、おもしろい。

佐賀県の呼子《よぶこ》港から壱岐の石田へ。ほかの海は汚れたが、ここの海はきれいで、米麦焼酎を海の水で割って飲みたいほどだ。これは、お燗しちゃいけないよねえ。

佐賀県では、ごくわずかしか焼酎をつくってないという。しかし、おなじ九州で、佐賀人だけが焼酎を飲まないわけがない。だったら、どうして、九州のほかの県の焼酎メーカーをもうけさせてるのか？　これは、大きなミステリだ。

福岡市、西中洲（那珂川《なかがわ》より西のここは博多ではない）のクラブ「みつばち」にいくと、「コミちゃん、焼酎飲む？」とママがきく。「みつばち」は全国的にも有名な高級クラブで、だいいち、ぼくなんかいくようなクラブではないが、ちょいと親戚筋になるのだ。ともかく、博多あたりでも、ほんとに一流のクラブには焼酎があるという。九州は、えらいひとでも焼酎党がいるからだろう。

じつは、ぼくは、福岡県には、あまり焼酎屋さんなんかないとおもってたが、筑後市の「玄米焼酎・つくし」とか、八女《やめ》市の蒸留日本酒「九州火の酒」、これは新宿あたりでは、「吾妻男」という銘柄ででてるそうだ。なぜ、九州火の酒が吾妻男なのか、それに、玄米焼酎というのは、やはり、からだのためにいい焼酎なのだろうか？

鹿児島市のバー街、天文館通りをいったりきたり、ちょいとはずれたところで、のれんぶりのいい飲屋があったので、はいってみたら、これまたドンピシャリ、いい飲屋だった。

いい飲屋というのは、まずだいいちに、客がいいことだ。こういう店は、店の者がやたら愛想がいいということはない。この飲屋の客は、学校の先生がおおかった。先生は、学校にいるときはしらないが、飲屋ではいい飲み相手だ。

もちろん、サツマ焼酎で、サカナはあれこれ……厚くて、色がくろくて、けっして甘くないサツマアゲ、もちろん、サツマでは、サツマアゲとは言わない。サツマ芋が唐芋《からいも》になるように、サツマアゲも唐揚《からあげ》……というのはウソ。

じつは、鹿児島県だけで、ニホンの乙種の焼酎（カストリ系）の七割から八割をつくってるのだそうだ。浅草千束・猿之助横丁の「かいば屋」をでて浅草雷門までくると、都バスが車体の横っ腹に薩摩焼酎「白波」とでっかく書いてはしっていた。「白波」は有名だが、ほかにも、「おけら」「小鶴」「五代」など、いろんなサツマ焼酎がある。

おかしなもので、九州にいくと、ほんとに九州の焼酎がおいしく、ほかのものが飲めなくなる。最近のことだが、唐津湾を見おろす岬の上にある画家の野見山暁治のアトリエの広い、ゆったりしたダイニング・ルームで、窓のむこうの海が暮れていくのを見ながら、すぐ近くの浜でとれたつぶ貝をつついたりして、焼酎に魔法瓶からお湯をついで、飲みはじめ、もう、海はとっぷり暮れ、こってりした肉料理も、ちょこちょこいただいたりして、焼酎を飲みつづけた三夜は、ほんとに、のんびりした夜だった。

別府から九州横断のバスにのり、雲の上のような、ひろい起伏の高原をつっぱしり、高原のそのまた上にそそりたつ山の頂きから、雲がシャーベットのように流れおちてくるのを見ながらたどりついた、天に近い山の冷泉の「寒之地獄」で、蒼《あお》じろく、つべたーい冷泉に、キンタマをにぎりしめてはいり（だって、頭に効くというんだもん）泊り客はぼくひとりの、さみしい夜をすごしたあと、おなじ九重町《ここのえまち》の、といっても、またはるばるクルマは高原をはしって、八鹿《やつしか》酒造にいき、焼酎を飲ませてもらったときは、「寒之地獄」のふるえが、やっと、とまったような気がした。

九州の焼酎には、ぼくにとって、懐しさみたいなものもあるようだ。戦後の飲屋マーケットのカストリ焼酎のあのにおいをおもいだすからだろう。

「オバさん、きょうのカストリ、なんだかくさいぜ」

「そうなの。焦がしちゃったのよ」

カストリをつくるときに、材料を焦がしてしまったりさ。こんなふうだから、毎日のようにカストリの味がちがう。材料も、米なんかもったいなくて、イモや雑穀だったのだろう。それに、密造だから、設備もひどかったにちがいない。

初年兵で中国にいたとき、傷の消毒用の焼酎を、こっそりかっぱらって飲んだが、あれも九州の焼酎の兄弟分だった。

だけど、あのころのカストリなんかは、もう飲めまい。今の九州の焼酎は、材料も設備も、すっかり上等になってるからだ。しかし、昔の九州の焼酎の野性味みたいなものは、やはりうすれてきてるのではないか。

チリ・コーン・カーンは幻の味

サンディエゴの町はずれから、ぶらぶらあるいてメキシコとの国境をこえ、国境の南(ああ、サウス・オブ・ザ・ボーダー)のティワナにいく。国境までは市内バスもはしってるし、新しくできた電車もある。ティワナには、なんどもいっている。

でも、こんなにおいしいものをたべたのは、はじめてだった。つまりはフルーツ・サラダなのだが、白いざらざらのコテージ・チーズがはいっていて、なんのナットなのか、くだいた、ちいさな木の実がかんばしい。

甘さがやさしいのは、いろんなフルーツの自然な甘さがまじりあってるからだ。それに、やはり、もぎたての果物のフレッシュさが、ほろほろおいしいのだろう。

ティワナの町のまんなかの三角広場に近い、ちいさな店だ。ヤンが案内してくれたので、こんな店にもくることができた。ヤンはオランダ生まれだけど、メキシコにも長いあいだいた。今は、サンディエゴにすんでるが、毎週、いや週のうちなんどもティワナの町にくる。たとえば、クルマのガソリンは、ぜんぶティワナでいれるという。ガソリンの値段がうんとちがうらしい。そのほか、あれこれ買物もするのだろう。買物以外に、なにか用もあるのかもしれない。だいたい、ヤンはなにをやってる男なのか？

この日、ティワナの町の中心からはなれた新しいショッピング・センターにも、ヤンは案内してくれた。ホウキを抱いてあるいてくるひとが目につく。今では、ニホンでもアメリカでも、みんな電気掃除機をつかっていて、ホウキとは縁がうすくなっている。だが、メキシコでは、まだホウキが主流で、ホウキはかなりの消耗品でもあり、どこかで買うものだということに気がついた。

このショッピング・センターのレストランでメキシコ料理をたべたのだが、とにかく、たべれたのに、自分でもすこしおどろいた。最近では、外国にいくと、料理の量がおおくて、見ただけで、げんなりするのだ。

しかし、戦後は、チリ・コーン・カーンがおいしくてしようがなかった。チリ・コーン・カーンは、もとはメキシコ料理で、カーニと言ってるようだけど、アメリカのふつうのたべものになっている。一時はすごく流行《はや》ったらしいが、今でも、チリ・コーン・カーンと言えばめずらしくない。ボールに、量がすくないカップもある。

ひき肉と、メキシコふうの褐色の豆とが、いっしょに煮込んであって、チリ・パウダーがひりりとからく、ぼくは大好きだった。

アメリカ軍の炊事場ではたらいてるときに、チリ・コーン・カーンをたべたのだが、そのころはごちそうだったフライド・チキンやステーキなんかより、ずっとおいしかった。

だから、アメリカ軍の炊事場をやめたあと、どこかからチリ・パウダーを手にいれ、似たような豆も買い、料理熱心な友人につくってもらったりした。

でも、米軍のキッチンのあのチリ・コーン・カーンの味はしなかった。その友人はオーストラリア軍の将校食堂ではたらいていて、チリ・コーン・カーンを知らず、うまいぞ、とぼくがほめるチリ・コーン・カーンにあこがれていたのだ。

また、アメリカのあちこちや、本場のメキシコでたべたチリ・コーン・カーン（カーニ）も、あの味はしなかった。あれは、幻の味だったのか。

友人がいたオーストラリア占領軍でたべたウサギのシチューもおいしかった。ウサギの肉はやわらかく、あっさりした味で、やさしく、とろけるようだったのをおもいだす。

オーストラリアのひとたちは、よくウサギをたべるようだ。メルボルン（ほんとは、メルバンと発音する）のヴィクトリア市場《マーケット》にいくと、肉屋に、皮を剝《む》かれたウサギの肉がぎっしりならんでいる。なんだかかわいそうだが、オーストラリアのひとたちにはおいしく見えるのだろう。

ウサギの肉にはきいろい脂がついてるけど、シチューには脂身はあまりいれないのではないか。いくらかギドギドぎみのビーフ・シチューなどとちがい、くりかえすが、かるい、あたりの、やさしい味だった。

カナダの貨物船でたべた鮭のシチューもおいしかった。これは、もちろん肉類のシチューとちがってたが、てきとうな脂もあって、あきない味のようにおもった。

しかし、ウサギのシチューも鮭のシチューも、一度だけで、あとはたべたことはない。今ごろにたべると、チリ・コーン・カーンみたいに幻滅するだろうか。

とにかく量がおおい料理はダメになっている。ほんとは料理がだめなのだ。そんなわけで、蛤《はまぐり》のクリーム煮のクラム・チャウダーのボールかカップで飲んだりする。この夏、カナダで、トマトが煮込んであるのか、赤いクラム・チャウダーをたべた。

楽屋の酒盛り

大阪の築港《ちっこう》界隈の市場にはよくいった。近くのヌード劇場にでてたときだ。ヌード劇場は一日四回で、二回目がおわると、風呂券をもらってお風呂屋さんにいき、築港の市場にまわる。こんなに大きな市場が、大阪の町のはしのほうにあるのもおかしいが、市場で売ってるものもおおくて、買い物ラッシュには、ぎょうさんなひとでごったがえしている。

ぼくは、ヌード劇場の楽屋での酒盛りのサカナを買いに、築港の市場にいってたのだ。ひとりやふたりで飲む酒ではないから、酒のサカナも、いろいろたくさん買ってくる。築港の市場はわんわん熱気にあふれた市場で、ほんとになんでもあるから、酒のサカナにはことかかない。買うものもあれこれえらべるし、毎日かわった酒のサカナもそろえることができる。というより、毎日、市場で新しい酒のサカナを見つけて、買ってくる。

そんなふうにして、盛大な酒盛りをやるので、大酔っぱらいもでてくる。しかも、三回、四回とまだ舞台はあるのだ。舞台の上で、ひょいとふりかえって、「ねえ、マリちゃん……」なんて、ぼくの相手をしてくれるストリッパーに声をかけたら、その相手がいないこともあった。酒盛りで酔っぱらい、トイレにいって寝こんでしまったのだ。

ヌード劇場が開演する前の散歩に、築港の市場にいくこともあり、深夜のガランとした市場もあるいたりした。市場が好きなんだよねえ。もう市場病だな。

昔ふうのバー

新宿ゴールデン街でぼくが飲んでるところは、なんとよんだらいいだろう。五十すぎのママさんがひとりでやっており、バーというほどしゃれたものではない。また、飲屋とも言えない。だいいち日本酒を飲む者はほとんどいない。スナックでもない。スナックの免許はとってない。たべるものもない。カウンターに五、六人ならべばいっぱいになる、せまい店だ。

ところが、そんなちいさな店なのに、開店二十周年のパーティーは、なん百人ものひとがきて、そのことがA新聞にもでた。

客が飲んでるのが、ほとんどがウイスキーのハイボールで、そのハイボールには氷がはいってない。そんなバーがある。昔ふうなバーだ。

神戸にはこういったバーがなん軒かある。ニホン人がウイスキーの水割りを飲みだしたのは、戦後もだいぶたってからだ。ニホンに駐留した米兵を見習ったのだろう。それまではウイスキーはショット・グラスでストレートで飲むか、ソーダで割ってハイボールにした。

ぼくが神戸で飲むバーは、ハイボールに氷をいれないが、ソーダもウイスキーも冷やしてある。そして、ウイスキーをソーダで割ったあと、ほんとにちいさなレモン・ピールを、ちょいと指さきでしぼる。レモンの香りもわからないぐらいだが、律義にそれをやる。

ヨーロッパやイギリスのバーでは、あまり氷はつかわない。アイス・ペールのなかにも、わずかしか氷がはいってなかったりする。そのアイス・ペールを、ぼくがニホン人なので、こちらにまわしてくれたりする。

アメリカ人はよく氷をつかう。そして、ビールのグラスなどは冷やしてある。霜がおりたビールのグラスはいいものだ。ニホンではそうまでするのはめずらしいが、アメリカではふつうのことになっている。

ただし、アメリカのバーの氷はキューブがちいさすぎる。コカコーラにつかう氷のキューブとおなじやつを、ジン・ソーダなんかのなかにいれられるとこまる。

夏のあいだは、アメリカのシアトルにいたが、ぼくのアパートの近くのバーは、朝の六時からあいていた。午前八時からのバーは、アメリカでめずらしくない。

ところが、そんなバーにいるひとは、みんなビールを飲んでいる。たいていひとりきりで、だまって、長い時間をかけてビールを飲む。アメリカでも仕事がえりのひとがあつまるバーはにぎやかだが、朝からあいてるようなバーははなし声もあまりきこえない。

ぼくがいく神戸の昔ふうのバーは、カウンターに椅子がない。銀座にもそんな古いバーがある。こういうバーはカウンターの板が厚く、がっしりしている。

イギリスのパブ（いまではただバーと言ってる店もおおい）のカウンターもスツールはすくないが、フランスの酒場はもっとスツールがすくない。ワインを立って飲んでる姿などはいい。でも、ビールを飲むひとがふえた。

新宿ふらふら

どこかで飲んでいても、しまいには、つい、新宿にきてしまう。昨夜《ゆうべ》も新宿でチンボツした。

新宿でふらふらしだしたのは、昭和二十二年ごろからだ。ぼくはテキヤの子分だった。おもに、新宿西口をうろついていて、海草のそばとか、オカラのにぎり鮨とか、ふしぎなたべものがあった。もっとも、にぎり鮨は、元来はオカラの上に魚の身をのっけていたそうで、戦後のあのひどいときに、鮨のご元祖が顔をだしたというのもおかしい。

新宿駅前のせまいガードを西口のほうにぬけたところから、大ガードのほうにくだるバラックの飲食街は、だいたい、そのころのまま残っていて、こういう戦後のマーケットの姿が、今でも見れるのはめずらしい。

ぼくたちは、ここを安田組のマーケットと言っていたが、ここで、カストリやバクダンを飲んだり、進駐軍の残飯の栄養シチューをたべたりした。栄養シチューのなかに、へんに噛みきれない肉があるとおもったら、コンドームだったりしたことも、めずらしくはない。

今では、ぼくは、歌舞伎町の一部と、いわゆる新宿ゴールデン街で飲んでいる。ぼくが飲みにいく店は、みんなせまいところで、たいてい、自分の金で飲んでいるのではないか。

近頃の若者は礼儀をしらない、などとオジさんたちは言うが、満員のそういう飲屋に、ぼくがはいっていったりすると、礼儀をしらない若者が、ぼくに席をゆずり、自分は立って飲んだりする。

新宿ゴールデン街で飲んでいても、ぼくはたいへんなハシゴらしい。一軒の店で、たいてい一杯飲んだぐらいで、ぷいっと出ていくのだそうだ。

「いったい、どこにいくんです?」ときいたひとがいたので、ぼくは、「さあ? あとをつけてみたら」とこたえた。自分でもわからない。

新宿は、東京でもいちばんひろくて、にぎやかな盛り場だが、ぼくがうろついてるのは、新宿区役所通りの一点を中心にして、さっきも言ったが、歌舞伎町の一部と、ゴールデン街で、せいぜい半径五、六十メートルぐらいではないのか。

ある新聞で、ぼくの新宿地図みたいなものを書いたときに気がついたが、歌舞伎町の路地の、おいしいオムレツでジンを飲む、「三日月」からはじめ、そのとなりの「アンダンテ」、おむかいの「かくれんぼ」、そのあたりにならんだ屋台の昔なじみのおねえさんたち、五、六軒右にいって、これも古いつきあいの「まつ」、「かくれんぼ」のすぐ裏手になる、いつも若いひとたちでいっぱいの「小茶」、いいギターの流しがくる「いこい」、区役所通りにでて、ちょいと上品な「五番館」と、これは、ほんの二、三十メートルの距離だ。

それぞれに、新宿らしい共通なところがあり、これまた新宿らしく、店に個性的なくせがある。

区役所通りを、ふらふらよこぎって、新宿ゴールデン街にはいると、もう一軒おきぐらいに、なじみの店で、あっちにふらふら、こっちにふらふら、ある店に、ふらっとはいっていったとおもったら、とたんにふらっと出ていき、そのうちに、またふらっとはいってきたりするそうだ。

「一定の周期があるんだよね」と、みんなわらってる。ともかく、そんなふうなので、新宿も西口、柏木、もとはよく飲んだ南口、武蔵野館あたり、末広亭のある要町（昨夜は、ここでも飲んだ）、元赤線の新宿二丁目などは、顔をだせば、「あら、コミさん」というような店がいっぱいあるのだが、ここのところ、ナマケぐせがついて、とんとごぶさたしている。

南口のドヤ街の裏壁の奥に、たった一軒のこっていた「おそめ」が三月いっぱいで姿を消す。ここに集まっていた夜の女たちも、どこにいったやら。

ダブリン・酒とバスの日々

ホテルはダブリンのシティ・センター（ダウンタウン）のまんまんなかにあった。通りをたくさんのひとがあるいている。バスがなん台もごっちゃになってはしっている。

ホテルの部屋のドアの鍵では、いつも苦労する。あれこれやってもうまくいかないので、ヤケになり、力まかせにキイをまわすと、ドアがあいた。トイレの水洗のボタンもかたく、いくらおしてもダメなので、故障かとおもったら、これまた、ありったけの力でおすと、水が流れた。アイルランド人は、よほど力持ちなんだろうか。

ホテルをでて、バスのパスを売ってるところをさがす。二度まちがえて、三度めに公営バスのオフィスにいった。八月の一か月分のパスしかないとのこと。七月のパスは、七月の半ばをすぎてるので売ってくれない。これは、アメリカなどの町でもおんなじで、ことわられるのには慣れている。そう言えば、空港で旅行ケースがとどかないのにも慣れた。ダブリンの空港でも、ぼくの旅行ケースはなかった。こんどはひとり旅だが、連れの荷物はちゃんととどいても、ぼくの荷物だけは、なぜかとどかない。

空港からのタクシーの窓から、まず目についたのは、電話ボックスにTELEFÓNと書いてあったことだ。ふつうはTELEPHONEと書く。しかし、PHはFの発音だから、しゃれてるなとおもった。ところが、ぼくのまちがいで、アイルランド語らしい。

アイルランドにはアイルランド語があるようだ。公営バスのオフィスには、NA CAITH TOBAC（タバコ）という注意書があった。タバコを吸うなということのようだ。――町の通りの名前も、英語の上にアイルランド語が書いてある。ローマ字ではないみたいな文字も見かけた。

ただし、公営バスのオフィスでは、せっかくアイルランド語で「禁煙」の注意書があるのに、その真下で、若い男がタバコを吸っていた。

どこの町にいってもそうだが、さっそくバスにのる。バス病だな。10番のバスだった。二階建てのバスだが、二階にいると、車掌がやってきて、なにやらさけび、人々はいそいでバスをおりた。どうしたのかとおもって見まわすと、煙がただよっている。煙にまちがいない。もちろん、ぼくもあわててバスをおり、人々のうしろにくっついて、そこにとまっていたべつのバスにのりかえた。

このバスの終点はひろびろとしたみどりの芝生がある公園だった。バスの二階から、いっしょにかけおりた男の子に、あのバスは火事だったのかときいたら、キョトンとしていた。すると、男の子のおばあさんらしい白髪の婦人が、ただのりかえただけ、とニコニコこたえた。しかし、あの煙は……？　じつは、バスも禁煙ではなく、みんなタバコを吸っている。床には吸殻もいっぱいおちている。アイルランド人は、よくタバコを吸うようだ。

バスには車掌がいて、車掌は首からキップ発売機をぶらさげている。小型モーターみたいで、ずしっとおもそうだ。どんな仕掛けになっているのか知らないが、乗客が行先を言うと、よこについたハンドルを、ぐるぐるまわし、ガチャンとキップがでる。イギリスあたりのバスでも、大昔から見かけるキップ発売機だ。

ところが、こんどはじめて、若い少年のような車掌が新型のキップ発売機をぶらさげてるのを見た。モーターふうではなく、すこしごつめの中型テープレコーダーに似ている。ハンドルもない。

ロンドンあたりでは、オバさんのバスの車掌もいるけど、ここは男の車掌ばかり。ところが、若い女性で、バスの車掌とおなじみたいな制服を着たのもいる。あの女性たちは、なにをしてるんだろう。

フェニックスという公園だった。池があり、水鳥がおよいでいる。そのそばに、ちいさな池があって、子供たちがなにかをとって、ニホンの倍ぐらいのミルク壜にいれており、おとうさんも、子供のために網ですくってやっていた。せいぜい一センチぐらいの、ほそい魚だ。なんの魚か、おとうさんにきいたら、名前はないとこたえた。

ダブリンは子供がおおい。バスでも、母親がちいさな子供を三人も四人もつれてのってくる。こんなに子供がおおいバスは、はじめて見た。

バスの窓から見える家は、屋根がひとつで入口がふたつ、つまり一棟で二軒になってる家が目立つ。かたっぽうの家の前庭には色とりどりの花が咲いてるのに、ひくい生垣ごしのおとなりの前庭はただ芝生だけだったり。

洗濯物もよく目についた。アメリカあたりでは、乾燥機をつかうので、洗濯物はあまり干してない。

ぼくがいるウインズ・ホテルのすぐとなりの通りはリフィ河の河岸の通りで、河岸のむこうの通りにも、バスがたくさんならんでいる。そんなに幅のある河ではない。ほんとに、繁華街の中心だ。

この日は、54番のバスにものり、16番のバスで、シティ・センターのオカノ（オコーネル）通りにもどってきた。ざんねんだが、どこにいったのかはわからない。知らないところにいくのは、たのしいものだ。これが、だんだんとわかってくるのも、また、たのしい。だから、どうしても、日数をかけたゆっくりした滞在になる。

日が暮れないのには、あきれた。ダブリンは緯度が高いうえに、夏時間なので、昼間とかわらないあかるいうちから飲みだす。バーとラウンジのふたつがあって、たいてい、ラウンジは二階、バーは一階だ。ラウンジでは若いカップルなどがいて、バーのほうはオジさんやオバさんがおおい。ラウンジは、イギリスのサルーン、バーはパブにあたる。バーのほうが飲物がすこし安い。ぼくはバーで飲む。ニホンで黒ビールと言ってるのがスタウトで、有名なアイルランドのギネスはスタウトだ。ビールの中壜ぐらいの量の生スタウトを大きなグラスにいれてだす。料金は九十五ペニーか九十六ペニー（百ペニーが一ポンドで三百八十円）。エールはもっと色が琥珀色に近く、一ペニーほど高い。スタウトは泡がこまかく、強いそうだが、ほどよく冷え、ぼくは手がちいさいので、大きなグラスを両手でかかえて飲む。

翌日、オカノ橋をわたったところのラウンジにいくと、スタウトが一ポンド二ペニーだった。ラウンジには、バーにはないジュークボックスがある。

このラウンジのカウンターでとなりにいた若い男が、夏のこんな暑い日には、スタウトはヘビーなので、こうしてエールを飲んでいる、と言った。ニホンとは逆に、ビールがいちばん高い。

きょうは、ホテルのあるアベイ通りから31番のバスにのって、ホウス（HOWTH）にいった。地図で見ると、ダブリン湾の北の岬のようだ。バス代は五十ペニー。これがいちばん高い料金で、距離により三十二ペニーぐらいからはじまる。ホウスはヨットもいるが、漁港だ。わりと大きな漁船がならんだ岸壁の、毎日新鮮な魚がありますという看板をだした魚屋にはいると、カレイなどのほかに、ピンク色のシャコがあった。ニホン以外で、シャコを見たのははじめてだ。アイルランド人もシャコをたべるのだろうか。でも、どうやってたべるのか。

岸壁のいちばんはしで、子供たちと大人もひとり、ふたり、魚を釣っていた。そのうち、ある男の子の竿に魚がかかった。男の子は岸壁からロープにぶらさがって、下の岩におり、魚を釣りあげようとしている。やっと、魚は水面に姿をあらわした。長さは五十センチぐらいの、わりと大きな魚だ。それからも、長いあいだかかって、男の子はついに魚をつかんだ。その魚を片手でぶらさげ、男の子は、岸壁のぼくのほうを見あげてる。すると、ぼくのよこにいる、もっとちいさな男の子（弟かな？）が、魚がほしいか、とぼくにきいた。ノウ、ノウ、とぼくはあわてて首をふった。魚を手にもって、バスにのり、ホテルにかえってもしょうがない。男の子は魚を海にもどしてやった。弱って、つかまえられた魚なので、たよりない泳ぎかたで、それでも沖のほうにいく。

沖に島がある。岩とそれに苔《こけ》がはえたみたいなうすいみどりの草だけの島で、木は一本もない。

漁港の外の潮がひいたあとの砂地をあるく。かなりの遠浅だ。犬が波打ぎわで水のなかにはいり、吠えている。ダブリンでは、吠えてる犬を見たのは、このときだけだ。犬は海の水とふざけて、吠えてるのだろう。波はほとんどない。

長い髪の女が馬にのって、干潟をはしっている。くろい犬が馬のあとをおいかける。そばまできたら、小学校三年生ぐらいの女の子だった。ダブリンの郊外では、よく馬にのったひとを見かけた。町なかに荷馬車もいる。

このホウスから海をへだてて、むこうのほうのポートマノックの海浜《ビーチ》にも、32番のバスでいった。もちろん、どこにいくか知らないでのったバスだ。ところが、海が見え海浜《ビーチ》にきたので、ぼくは大よろこびで、バスをおりた。

海浜《ビーチ》には、ちいさな子供たちをつれたおかあさんがいるぐらいで、およいでる大人はいない。子供たちも波打ぎわでバチャバチャあそんでるだけで、およいだりはしない。海の水をすくって、なめてみたが、ふつうのしょっぱさだ。ロンドンから列車にのり、ポーツマス（クジラの会議をやるところかな）にいったとき、海の水をなめてみたが、ほとんどしょっぱくなかった。どこにいっても、海の水をなめてみる。今まで、いちばんしょっぱかったのは、山口県の防府《ほうふ》の近くの浦の海の水だった。

ポートマノックの海浜《ビーチ》は、はるかむこうのほうは、はっきり見えないくらいはるばる長い。砂の上をぶらぶらあるいたが、つかれてきたので、砂丘をあがり、バス通りにでた。陽はあかるくかがやき、潮風もおだやかだ。ダブリンは七月の気温が高いときでも、十五度ぐらいだときいたが、めずらしく、ちゃんとした夏の日がつづいてるという。こちらのひとたちは、ホット（暑い）とは言わず、ワームと言う。ぼくは半袖のシャツだが、コットンのコートはもちあるいていて、夜は長袖のシャツに着がえ、セーターを着た夜もあった。

はなしは逆もどりするが、ホウスの漁港の近くのバス停でカトリックの神父さんとバスをまってると、通りのむこう側にまわりこんでとまったバスがあった。前にも言ったように、ダブリンの市内バスはたいてい二階建てだが、このバスは平屋のバスで、車掌もいない。88番のバスだ。

さっそく、はしっていって、このバスにのった。やたらにバスにのってるので、コースがだぶってきた。知らないバスはうれしい。オジさんの運転手に三十二ペニー払う。このバスは丘の上にあがり、教会の前のバス停で、運転手が修道院《トラピスト》にいくんじゃないのか、ときくので、終点まで、とこたえると、もう六ペニーと言われた。

このバスが、たいへんなもうけものだった。はるか高いところから、絶壁と海が見えるのだ。ホウス岬のさきの白い灯台も、わりと近くに見おろせた。じつは、ぼくはホウス岬のさきまでいくバスはないかと当てにしていたのだが、ダメなようだった。ホウスの港から坂になって、海ぞいにあがってる道はバスははしってないそうで、おまけに、ちょうど火事があり、まだくすぶっており、消防車がいて、水をかけている。

だから、坂をのぼりかけて、ひきかえし、なんとなく消防のホースといっしょにあるいてきたら、ホースから水がもれて、ふきだしてるところがあった。その水をなめてみると、しょっぱい。塩水だ。そして、海から水をとってる場所をたしかめ（なんのために？）、漁港にいき、干潟をかなり遠くまであるいたが、干潟に面したホテルやそのほかのところの裏門は、みんなプライベート（私用）とか立入禁止とか書いてあり、しかたなく、またもどってきて、バス停に立ってたのだ。

88番のバスの窓からの景色だけど、海にむかってきりたった絶壁と言っても、あらあらしい感じではなく、絶壁のはしまで、ゆるやかなスロープの芝生がつづいていたりして、牛も馬もちらほら見かけた。それに、大きなりっぱな古風な家もぽつんぽつんとある。海面は夏の陽にかすみ、芝生のみどりは、逆に、ぐっとあざやかだ。

家々の屋根が見えてきて、バスは坂を下り、ちょっとにぎやかな三叉路から、干潟ぞいの道にでて、終点になった。ホウス岬をぐると一周したのかもしれない。

バスにはアメリカ人のおばあさんやオバさんが三人いて、また、バスでもとのところにもどるというので、運転手のオジさんが四十二ペニーずつうけとっている。ぼくはシティ・センターにかえりたいと言うと、ここはわき道だそうで、シティ・センター行きのバス停があるところまでつれていってくれ、タダだった。

フランス人などは、イギリスでは朝食だけをたべてればいい、とわるくちを言う。

大陸《コンティネンタル》のホテルの朝食はタマゴやベーコンなどはない。もっとも、去年の夏、西ベルリンのホテルにいたときは、朝食にいろんな種類のソーセージやハム、チーズがあり、自分でえらんで皿にとってくるようになっていた。いくらか高級なホテルだ。

ぼくが泊ってるこのウインズ・ホテルでも、朝食にはベーコン・エッグや、レバーとソーセージというのがあって、ためしに注文してみたら、ソーセージのほかに、焼イモのようにぶっといレバーが、ごろんとふたつ皿にのっていた。こいつがくろくて、かたい。レバーはやわらかいものだとおもってたのに、ナイフで切るのがたいへんだった。それよりも、胃袋のほうがたいへんで、昼食はたべなかった。スクランブル・エッグを注文したときも、トーストの上に山盛りになってでてきた。しろっぽい、なんだかふわふわしたスクランブル・エッグだ。でも、かたいよりはいい。ギリシャのアテネのタマゴはかたかった。ニホンでもどこでも、タマゴがしろっぽくなってきた。クラシックなきいろいタマゴは、ぼくがいったところでは、中国本土ぐらいだった。

ホテルの近くのオカノ橋をわたったむこうのちいさな食堂にはいり、ハム・サラダをたべた。となりのテーブルの若い男がそれらしいものをたべていて、ぼくにとっては、けっこう量もあるようだったのだ。ハムのほかにボイルド・エッグやトマト、玉ねぎ、レタスなどもあり、パンのかわりにか、バスケットにポテトがはいっていた。

まるごとのポテトを揚げたもので、戦後の進駐軍でたべたあと、はじめてお目にかかった。今では、アメリカでもみんなフレンチ・フライド・ポテトだが、こいつはアメリカン・フライド・ポテトとよんでいた。なつかしいアメリカン・フライド・ポテトのご先祖はアイリッシュ・フライド・ポテトだったのかな。

昼食もそうだが、夜の食事は、いつものことだがこまる。たとえば、スープと前菜だけにドライの白ワインを一壜たのむ。ほんとは、ビールもいっしょに飲みたいが、ダブリンは、レストランにはビールはないようだ。いきつけのちいさなレストランでは、店のひとも慣れて、まず、白ワインの壜をもってきて、玉ねぎだけを少し炒めてくれたりする。

ホテルのまん前にもバーがあるが、ここは大きくて上品なので、百メートルぐらいはなれた角のバー「フロウイング・タイド」にいく。このバーが、たいていスタートになる。ここで、ミックスド・サラダをたのんだら、ハム、チーズ、ボイルド・エッグ、野菜もたっぷりの大皿がでてきた。このバーはいつも混んでるバーだ。そのカウンターの隅で、マヨネーズやドレッシング、マスタードに酢なども前にならべてもらい、なんとかぜんぶサラダをたべたこともある。

「フロウイング・タイド」というのは、上げ潮ってことか、となりのバーは「ハイ・

タイド」で満潮ぐらいの意味か。角のバーで、だんだんデキあがってきて、おとなりのバーでは、すっかりデキあがるってわけかな。

もうちょいむこうのバーのマールブロ・ドーランズ、そのあいだの路地のきたないところに有名なKNIGHT CLUB（ナイトクラブ）ジョン・ロードがあるが、のぞいたこともない。もちろん、もっと遠くのコノリイ駅に近いバーにもいく。

ある夜から、生スタウト一杯に一ポンド札をだして、お釣がこなくなった。今おもうと、一九八二年八月一日、ダブリンのバーのスタウト大グラスが、ついに、一ポンドになったようだ。世界一のノンベエ国アイルランドの歴史的な日に、ぼくはポカンとお釣をもらう手をさしだしてたことになる。ここでは、ふつう、お釣を相手の手にわたす。

マールブロ・バーで白のペパーミントを注文したオジさんがいた。ペパーミントのことはアメリカでは、フランス語ふうに、クリーム・ド・カシスというが、甘いリキュールだ。それを、ノンベエのオジさんが注文したので、ふしぎにおもってると、ポケットからウイスキーの小壜をだし、こっそり、つぎたし、「おまえもこうしろ」とウインクした。

ここでは、ウイスキーを注文すると、水はくれるが、氷はない。それに、ニホンみたいにたくさん水で割らないで、だいたい、ウイスキーとおなじ量か、もっとすくない水をいれる。壜のビールもスタウトもエールも冷えてはいない。ビールやエールに甘いオレンジ・ジュースみたいなのを割ってるひともいる。そんな壜がカウンターにあって、自分でかってに注ぐ。これはタダだ。しかし、スタウト（ギネス）にこんなのを割る者はいない。

BAR CRUB という看板を見かける。CLUB（クラブ）が CRUB になったようだ。CLUB のところもある。これは、スナック（ちょいとたべるもの）もあるバーだとおそわった。

なん年か前、ロンドンにいったとき（こんども、いくつもりだ）あれこれたべもののあるパブで、夕食をすまし、便利だとおもった。

そんなことを考えながら、ある BAR CRUB にはいっていくと、きょうは、なんにもたべるものはない、と言った。でも、たいていのバーでは、サンドイッチをつくってくれる。

ここは、チップはおかないところのようだ。ホテルのベッドの枕の上に二十ペニーおいておいたら、机の上にうつしてあった。理髪店でもチップはとらない。ホテルのななめ前の二階の理髪店にいくと、予約してあるかときかれ、ない、とこたえると、アイム・ソーリイ……とことわられた。

しかし、二軒ぐらいさきの、やはり二階の理髪店は予約なしでもO・Kで、看板では男性のヘアー・カットは三ポンド半になってたが、ぼくは二ポンドだった。禿げ頭割引らしい。髪を洗うのに、美容院のように、あおむけで洗う。こんなのは、はじめてで、きみがわるい。じつは、ここは、男性も女性もいっしょで、ヘアー・ドライヤーのれいのおカマをかぶってるオジさんがいるとおもってたら、オバさんだった。散髪のとき、ぼくが着せられたエプロンには袖があり、前うしろに着て袖に腕をとおす。

22番のバスにのる。途中、アイルランド陸軍の兵舎や金の玉が三つ看板についた質屋があった。ユダヤ系のひとの質屋さんだろう。ホテルのバーであったオジさんは、自分はユダヤ系のアイルランド人の教師だが、カトリックの学校でも、プロテスタントの学校でもおしえた、とわらっていた。すこしあから顔の、映画などで見る典型的なアイルランド人の顔つきのオジさんだった。

22番のバスのかえりには、ユダヤ教のシナゴグ（教会）があった。ダブリン空港についてのったタクシーの運転手は、ユダヤ教のれいのダビデの星のメダルを首からぶらさげていた。こんなふうに言うと、アイルランドにはユダヤ系のひとがおおいみたいだが、実際はどうなのかはわからない。

ダブリンの町の通りでも、バスのなかでも、カトリック修道女や神父さんをよく見かけた。しかし、59番のバスの終点は、カトリックではない古いアイルランド教会の前だった。ぼくたちは聖公会のことをイングランド教会とよんだりしていたが、ここはアイルランドだもんなあ。スコットランド教会もあるんじゃないかな。メソジスト教会も、救世軍の建物も見た。これは、もともとイギリスのものだし、アイルランドとイギリスとの間柄などは、ニホンでなにかを読んだりしても、なかなかわからないだろう。

アイルランドからイギリスにいくのには、パスポートはいらない。また、リバプールのバーでは、アイルランド女性のバーテンになんどもあった。長崎の思案橋をこしたむこうのバーや飲屋街で、五島列島の女性によくあったことを、ぼくはおもいだした。

ダブリンとイギリスのリバプールは海峡をへだててむかいあい、毎日、フェリー・ボートもでている。イギリスにはたくさんのアイルランド人ないしはアイルランド系のひとたちが住んでるのだろう。

ただし、お金ははっきりちがう。アイルランドのポンドもイギリスのポンドも、ほぼおなじようなものだときいてたが、リバプールの銀行で八アイルランド・ポンドを替えたら、五ポンドいくらだった。ほぼおなじどころではない。ダブリンのウインズ・ホテルでも、外国の旅行者用小切手はアメリカ・ドルしか現金に替えてくれなかった。

アメリカにも、ホントかウソかは知らないが、アイルランドの人口とほぼおなじくらいのアイルランド系のひとたちがいるときいた。アイルランドがイギリスから独立したころ（そんなに前のことではない）アメリカから、アイルランド系のカトリックの尼さんがスカートの下に機関銃や手榴弾をかくしてもちこむ映画も見た。映画になるくらい有名なはなしだが、逆に、ぼくは有名なはなしというのは信用しない。しかし、ウソとは言わない。なんにも知らないんだもの。

町のあちこちにベッティング・オフィスというのがある。賭け券を売るところだ。なかには、現金《キャッシュ》という文字が頭についている。たいていの賭け券は現金で買うのだろうが……。

賭け券の種類がおおいのにはおどろいた。競馬、フットボール、ボクシング、テニス、それに、投矢《ダーツ》まである。投矢《ダーツ》のプロ競技があるのも、はじめて知った。ただし、アイルランドだけではなく、イギリスでもヨーロッパ大陸でも、どこにでもあるのかもしれない。賭け屋がオフィスとは、ニホン人のぼくにはおかしいが、ブック・メーカーという看板をだしてるところもある。アマチュアのスポーツでも、ひとつだけ賭け券を売ってるとバーできいたが、酔っぱらって忘れてしまった。

午前中は生スタウトやエール、ビール類の金属製の酒樽をつんだ大きなトラックをよく見かけた。ぼくがいるところが、繁華街のまんなかで、バーがおおいせいかもしれない。それにしても、スタウト（ビール類）生産はアイルランドの大産業なのではないか。スタウトのギネスなどは、世界各国にも輸出している。金属製のスタウト（ビール類）樽をトラックからおろすときは、道路に大きな枕みたいなのをおいて、それをクッションにしておとす。これは、昔からやってることだろう。そして、バーの地下室の入口の蓋《ふた》が道路に面してひらいているところに樽をころがしていく。毎日、見る光景だ。

近所のバーで、若い女性と知りあった。活発な女性で、身体障害者の若い男といっしょに飲みにきて、スタウトのグラスをその男の不自由な手にのっけてやったりしている。その若い男に、はじめてあったときは、こちら（土地の者）がおごることになってる、とぼくはスタウトをごちそうになった。

ジャッジとよばれてるひとは、今でも判事《ジャッジ》か、もと判事だったひとだろう。毎晩のように顔をあわせたが、いつも、奥さんとふたりで、カウンターのいちばん奥でスタウトを飲んでいて、バーが混んでるときも、こっちにこい、とぼくをよぶ。奥さんはビールだ。

まだ、ニホン人にはあっていない。中国系のひとたちは、たまに見かける。黒人も観光客ぐらいだろう。ロサンゼルスのバスのなかなどで、いわゆる白人がすくないのとは、たいへんなちがいだ。

ぼくとしては早おきして銀行にいったら、しまっていた。午前十一時の開店だそうだ。それで、お昼ごろ、銀行にいくと、またしまっていた。十二時半から一時半までは休みだという。

ぼくがいるホテルは、パリのセーヌ河ふうに言うと、ダブリンの町の中心を流れるリフィ河の左岸で、オカノ橋をわたると右岸。こちらのほうにバス停がたくさんある。バスの運転手がわりと熱心に川の水面を見おろしてるので、ぼくものぞいてみると、魚がおよいでいた。

真鯉のような姿かたちの魚で、二十センチぐらいはある。あおぐろい、ほんとに魚らしい色で、なかなか優美に見える。それが、川の流れにむかい、ほとんどうごかないようにおよいでいる。橋の上で、魚だ、魚がいる、とさわいでるちいさな男の子はいても、大人たちは、バスをまつあいだ、ただ、ぼんやりながめてるだけだ。

バスの運転手のオジさんに、魚の名前をきくと、ワーロック、とこたえた（あとで辞書をひいたらワーロックは魔法使い、魔術師だってさ。およそ魔法使いらしくない魚に、どうしてこんな名前がついたのか）。「なぜ、だれも釣ろうとしないのか」ときかえすと、「こんな魚はしょうがない」とバスの運転手のオジさんは言った。潮のかげんで、河口からあがってくる魚らしい。カモメも舞っている。

ホテルのつごうで、三日ばかり、近くのBED&BREAKFASTに泊り、また、ウィンズ・ホテルにもどってきた。イギリスにはよくあるベッドと朝食という名の小ホテルで、宿泊費も安いので、学生などはたいていここに泊る。

ここのロビイの壁に（いつもだれもいない、いいロビイだった）、ダブリンの大きな地図がかけてあり、この地図を見て、DUN LAOGHAIREという港にいこうとおもった。ホウスの港とホウス岬がダブリン湾の北側ならば、この港は、ダブリン湾を南のほうでかかえこんでるようなふうである。

地図で見ると、近くのコナリイ駅から鉄道がとおっている。ところが、駅の案内係は、もう、きょうは列車はないから、バスでいけ、とリフィ左岸のバス停をおしえてくれた。7番か8番のバス、たしか50番のバスもいっている。十分おきぐらいにでてるバスだ。

これらのバスは、いきもかえりも、右岸の中心のトリニティ大学《カレッジ》のまわりをとおる。この大学は観光名所みたいになってるようだが、そんなれいはめずらしくはあるまい。

大学のなかにおみやげ物を売ってるところもある。大学の劇場で昼食《ランチ》つきのショウがあり、一ポンド半とのことだった。本日のショウは、ジェームズ・ジョイスの作品のなかから構成したもの、と学生がくれたチラシに書いてある。「ユリシーズ」の作者のジェームズ・ジョイスは、有名なアイルランド作家だ（今年はジェームズ・ジョイスの生誕百年目で、ニホンの雑誌でもその特集をやったりしてるのを、東京にかえって知った）。それにしても、ショウとランチで一ポンド半とは、たいへんに安い。このショウは芝居だろう。いつからか、ぼくは映画はよく見るけど、芝居が見れなくなってるので、敬遠した。

DUN LAOGHAIRE の発音が、なんどきいても、よくつかめなかったが、ドン・リオーリみたいなことを言ってるようだ。ぼくがのったのは8番のバスだったけど、やがて、バスの左手に海が見えるところにきた。やはり干潟だ。海のそばにきれいな公園があって、海がある。

バスはドン・リオーリの町にはいり、右にまがって住宅地の丘をのぼっていった。おなじバスでひきかえし、ドン・リオーリの港の海にむかって左のはしでおりる。堤防の外の磯におりていくと、それこそ磯のにおいがした。外国の海は、なぜかあまり海のにおい、潮のにおいがしない。ぼくがそだった瀬戸内海とはちがうよなあ。ここは、海草がたくさん磯にうちあげられていて、あるくと、靴の底がぶかぶか海草のなかにはいる。

堤防にあがり、長い堤防をゆっくりあるく。くろい犬と茶っぽい色の犬が、ぼくの足にじゃれつきながら、いっしょにあるいてくれる。おかげで、堤防のさきっちょの赤いちいさな灯台のところまできた。堤防から下の岸壁におりて、魚を釣ってるオジさんに、なんの魚を釣ってるのか、とどこでもおなじことをたずねた。オジさんはわらって、「サバでもタラでもマーメイド（人魚）でも、なんでも釣れる」とこたえた。このなんでもというのを、オジさんはエニシングではなく、アニシングと言った。

ぼくは、それがアイルランドふうで、おもしろくおもったが、ダブリンからリバプールにきても、おなじ発音をきいた。

もっとも、マンチェスターのバーで、毎晩のようにならんで飲んだオジさんはスコットランド人で、リバプールはブリテン（イギリス）というよりはアイルランドだ、とわらっていた。いつも、このオジさんのよこにいるのはイングランド人のオジさんで、カウンターのなかのオバさんと黒髪《ブルネット》の女性はアイルランド人。そして、ぼくはニホン人で、おれたちはコズモポリタンだなあ、とスコットランド人のオジさんは、またわらう。

はなしがそれたが、ドン・リオーリの港をかこんだむかい側の堤防のほうに、船体をまっ赤に塗った船が三隻ならんでいた。あまり大きな船ではない。そして、どう見ても漁船ではない。また、まっ赤な船といえば消防船があるけど、そうでもない。そして、船のまんなかのすこし高いところに、やはり赤い物見台みたいなのがある。こちらの堤防のベンチにすわってる三人のオジさんに、「あれは、なんの船か」とたずねたら、なんとか言ったが、ぼくにはわからなかった。船の俗称なのだろう。すると、ひとりのオジさんが、ナヴィゲーションと説明した。航測船（?）なのかな。

ドン・リオーリからのかえりは50番のバスにのり、二階にいると、あるバス停でたくさんひとがおりて、それからは、どのバス停にもとまらずに、どんどんはしり、おかしいなとおもってるうちに、車庫にはいってしまった。こんどの旅でも（旅をしてるわけではなく、ひとつの町にのそーっといるだけだが）バスが車庫にはいってしまったことは、ダブリンでもなんどか、リバプール、マンチェスターでもあった。ロンドンでは、まだない。

さて、アイルランドとブリテンとは、どうちがうのか？　ちがうと言えば、なにもかもちがうようで、たとえば、朝食のベーコンがもうちがう。ただし、どうちがうか説明するのはむずかしく、なんとなく田舎っぽくて、こってりしている。こういうちがいが、じつは大きなちがいなので、ま、それが旅のたのしさなのだろう。

ダブリンのバスには車掌がいて、リバプール、マンチェスターのバスには、ほとんど車掌はいなかったが、ロンドンのバスには車掌がいる。

ダブリンのバーは、ブリテンのパブに、そしてラウンジはサルーンにあたる、ときいたとおりに書いたのだが、前にブリテンにきたときは、たいていパブとサルーンだったのに、こんどはサルーンの文字はほとんど見かけず、ラウンジがおおく、パブもうんとすくなくなって、バーにかわっている。なかには、ラウンジとサルーンと入口がべつになったバーもあり、なやんでしまう。

ブリテンにきて、ぼくはスタウトからビター（エール）にかえたが、安いバーで、だいたい六十ペニーぐらい。マンチェスターの町の中心からすこしはなれた、おそらく、ニホン人などきたことはない、ぼくがいつも飲んでたバーは五十六ペニーだった。

これは、ダブリンにいるあいだに、ついに、スタウトが一ポンドになったのにくらべると、両国のポンドの差はあっても、こちらのほうが安い。

ニホン人はアメリカやイギリスはすごいインフレだなんて言うけど、飲代はそんなに値段はあがっていない。飲代では、ニホンのほうがもっとインフレだ。

はじめ、ダブリンにきたとき、道路がわりとせまく、路地などもあって、まがった道もあるのが、目についたが、これもブリテンとおなじようなものだ。ただ、アメリカの町の通りとはちがう。

ダブリンの町で、ブリテンの町とはっきりちがうのは、ロンドンなどをはしっている、あの大きな箱型の独特のかたちのタクシーがないぐらいだろうか。ダブリンのタクシーは、ニホンとおなじ小型車だ。ただし、これは目に見えることで、やはり、アイルランドはアイルランド、ダブリンはダブリンだろう。

雨が降っても

昨日《きのう》は雨だったが、浅草で飲んだ。五反田から都営地下鉄で浅草にいったのだ。きょうは、池袋に映画を見にいき、めずらしく、すんなりうちにかえって、都営地下鉄線も、行先によっては便利だ、たとえば、浅草にいくのには、いちばん早いのではないか、と娘たちに言うと、さんざんやりこめられた。

そっくりおなじことを、娘たちが言っていたのに、ぼくは「あんなアホなバカなクソッタレのテイノウの地下鉄はない。あんな地下鉄にのるやつはキチガイだ」とあらゆる差別語をつかって、ののしりつづけたのだそうだ。

この地下鉄が西馬込まで開通したころ、ある夜、あせってどこかにいくときに、五反田駅で、いくらまっても電車がこなくて、こまったことがあったのに、ぼくはこだわっていたようだ。

パパは、外では、わだかまりのない、ものごとをこだわったりしない男のように誤解されているが、このように、たいへんな偏見男で、わたしたちはいいめいわく、と娘たちはおこる。

しかし、まだそれでも、ママの偏見にくらべるといくらかマシなほうで、パパの偏見は五年ぐらいだが、ママの偏見は十年はつづく、ひでえ両親をもったよ、と娘たちはなげくのだ。

ぼくは、毎晩、酒を飲む。うちにいるときでも、七時半ごろから十二時すぎまで、えんえんと飲んでいる。

これから暑くなれば、ビールではじまり、ワイン、そして風呂にはいり、ジンにきりかえる。

ワインは、ワイン・ブームがくるずっと前から、山梨からとりよせている地酒のワインだ。一升壜にはいったワインだが、あるとき、うちの裏にいったら、ワインの木箱が山積みになっていて、おどろいた。めんどくさいから、百本、いっぺんに注文したのだそうだ。

なにしろ、近頃は、娘たちが、夕食のときにワインを飲むでしょう、とカカアは言った。

夕食のとき、娘たちといっしょにワインを飲むなんて、ほほえましいじゃない、とお世辞をコクやつがいる。

しかし、ぼくは、娘たちと*いっしょに*酒を飲んでるわけではない。そりゃ、テーブルはおんなじだ。もともとは食卓ではなく、つまりは作業台として大工さんにつくってもらった、部厚い大きなテーブルに、娘ふたりは、ならんで、ぼくとむかいあっている。

だが、くりかえすが、ぼくと娘たちは*いっしょに*飲んでいるのではない。それぞれ、かってに飲んでるのだ。娘たちは、ぼくの前にあるワインの罎を、ひょいとひったくって、自分のグラスに注ぐ。カカアだって、たったの一度でも、ぼくに、お酌というものをしたことはない。ぼくたちにとっては、ごくふつうの、どうってことはないことだが、もしかしたら、キチガイ家族かもしれない。

さて、浅草では、雨のなかを、ぶらぶら、馬道《うまみち》をあるいて、言問《ことと》い通りをこしたところの、「うまみち花屋」で、メシを食った。まだ昼すぎで、酒を飲むのには、はやい。もっとも、毎日二日酔いで、夕方まで酒くさい息をしていて、酒くさい息のまま、また飲みはじめる。

「花屋」は、前に二度ほど、台東区区会議員候補者吉村平吉さんの選挙事務所につかわせてもらった。吉村平吉さんは、野坂昭如さんが参議院選挙にでたときの選挙事務長であり、吉村平吉さんが台東区区会議員の選挙にでたときは、野坂昭如さんが吉村さんの選挙事務長だった。

もっとも、吉村平吉さんは、およそ、選挙が好きなようなひとではない。軽演劇でのぼくの大先輩で、もとポンビキでもある。

「花屋」のご主人の小泉さんの奥さんはきれいなひとだが、まるっきりお化粧っけのない顔で、いそがしそうにしていた。

「花屋」は、この四月に開店したばかりで、なにしろ、ぜんぜん素人だものですから、と小泉さんの奥さんはわらっていた。

豚の生姜焼。しょっぱくておいしい。この味つけは、お酒飲みのご主人の酒のサカナの味だろう。豆腐の味噌汁もおいしかった。

「花屋」をでて、言問通りをあるいて、ひさご通りの商店街にはいる。ここは、アーケードがあるので、傘をささなくてもいい。

ひさご通りをぬけると、浅草六区の映画街。ひととおり六区をあるいたが、もう見た映画がおおくて、しかたがないみたいな気持ちで、浅草トキワ座にはいる。ここは、もとは、芝居をやってたところだ。

トキワ座の喜劇の三本立てを見て、外にでると、六区の舗道がくろく濡れていた。まだ、雨が降っている。

浅草国際劇場の前をとおり、言問通りをこして、佃煮屋「鮒金《ふなきん》」をのぞいて（のぞくだけ）浅草千束・猿之助横丁の「かいば屋」へ。

推理作家の都筑道夫さんが「かいば屋」にくると、「かいば屋」のオヤジのクマさんが「鮒金」から、うぐいす豆を買ってきて、都筑さんは、この甘いうぐいす豆をサカナにウイスキーを飲む。

「かいば屋」のクマさんは、早稲田大学のオチ研（落語研究会）の元祖のひとりだ。野坂昭如さんのキックボクシングのパートナーをつとめたこともある。

下町では、ぼくは酎ハイを飲む。でっかいグラスに、焼酎を正一合いれ、それに、すこしレモンをたらし、炭酸で割る。

酎ハイのグラスをもちあげ、おめでとうございます、と飲みはじめる。毎晩、おめでとうございますで、ひと晩のうちに、なん度も、おめでとうございます、をやる。どこかの大学の法科の学生が、九州の球磨焼酎をミルクで割ったミル酎を飲んでいる。

競馬新聞を読んでいたメガネをかけたひとはウイスキーの水割り。浅草六区の場外馬券売場にいったかえりだろう。

「かいば屋」のオヤジのクマさんも外れ馬券をならべて見せた。

「かいば屋」は、もとは、冷奴いくら、というように、値段を書いた紙が壁にはってあったが、すこし前から、変動相場制にかわった。

客の顔を見て、金をとるのだそうだ。競馬でスッちまった日などは、値段が高くなるぞ、とクマさんはおどかす。もっとも、酎ハイでは、いくら変動相場制をとったところで、たいしたことはない。

飲んでるうちに、尊敬する先輩の殿山泰司さんがきた。粋なパナマ帽をかぶってる。もっとも、帽子をとれば、ぼくとおなじ禿げ頭。

さっき、浅草六区のトキワ座で見た日活の「極道ペテン師」という映画に、殿山さんは、MHKの集金人で、通産大臣に化ける役をやっていた。

今年の夏は、ニューヨークにいこうかな、なんて殿山さんは言っている。最近では、アメリカの東海岸《イースト・コースト》のジャズは、海っぱたのどこかの町から、ニューヨークにうつったのだそうだ。

国際劇場で演出をしている中原さんもきた。ぼくは下町のそだち、浅草に関係があるようにおもっているひとがいるが、ぼくが生まれたのは千駄ヶ谷で、広島県の呉そだち、浅草にはカンケイない。

ストリップの舞台も、浅草なんて格式のあるところにはだしてもらえず、隅田川をわたって、向島とか青砥とかの場末のストリップ小屋に、やっとこ顔をだしたぐらいだ。

それが、中原さんのお引き立てで、浅草一の名門国際劇場の舞台にだしてもらった。

といっても、一日だけのことで、ダウン・タウン・ブギウギ・バンドの前座で歌をうたったのよ。

れいの吉村平吉さんもやってくる。吉村平吉さんとは、いつあっても、どうってことはなく酒を飲んでいる。

いつだったか、今はたいへんな売れっ子作家の半村良さんが、「コミさんとあっても、おたがい、やあ、って言うだけで、しゃべったことはなんにもない。それでいて、ずーっと、えんえんといっしょに飲んでいる」とはなしていたが、そんな飲み相手がいちばんうれしい。

「あいつはいい男だ」とぼくがあるひとをほめたりすると、「そのひと、ノンベエでしょう」とカカアや娘たちがわらう。

ふつうなら、「いい男だけど、ノンベエなのがこまる」といった言い方をするけど、ぼくの場合は逆で、「あの男は酒は飲まないのに、めずらしくいい男で……」みたいなことになる。

昨日は浅草、一昨日は新宿にいった。戸川昌子一座のシッチャカ・メッチャカ芝居が紀伊國屋ホールであり、これに、なんだかわからない役ででたのだ。

この日は、わりといそがしい日で、河野典生さんの出版記念パーティーも、新宿駅ビルであり、ちょっと顔をだした。

戸川昌子一座の芝居がおわると、クルマがまっていて、NET〔現・テレビ朝日〕に拉致され、23時ショウのテレビに……。午前一時すぎ、また、新宿に舞いもどり、ゴールデン街の「唯尼庵《ユニアン》」にいく。

「唯尼庵」の若いママのおキヨは、みじかくきったジーパンをはき、カッコいい足がのぞいてた……とお世辞を言ったが、べつに飲代が安くなりそうもない。安くはならないかもしれないが、ここで、金を払ったという記憶もない。

ここを手伝ってるサンキチ（も女のコ）に、いっしょにアメリカにいこうか、と言ったら、「オジちゃんとの新婚旅行は、オーストラリアにきまってるじゃないの」とサンキチはこたえた。

「いつ、おれ、おまえとオーストラリアに新婚旅行にいくと約束したんだ?」

「このあいだ、オジちゃんがアメリカにいく前に、わたしに、結婚しよう、と言ったときよ」

この夜、やはりゴールデン街の「プーサン」にもいったらしい。近頃は、新宿・花園、この旧青線の路地をゴールデン街とよぶひとのほうがおおく、ぼくも、とうとうコーサンして、ゴールデン街と言いだした。「あり」でも飲んだのかな。「あり」のママの燿子さんとは、ぼくは来世を契《ちぎ》ってる。燿子さんが、今世はスケジュールがいっぱいで、ふさがっているからだ。

新宿で飲んでると、いろんなひとにあう。だけど、たとえば、銀行につとめているといったひとたちにはあわないのではないか。

近頃の若者は（という言い方からしてイヤだが）礼儀をしらないなどとおっしゃるひとがおおいけど、せまい飲屋にいくと、ぼくのために席をゆずってくれる若いひともいる。自分は立って飲んでるのだ。

いやにきれいな美人が飲んでいて、ぼくにほほえみかけ、だれだろう、とおもったら、映画にでてるコだったり……。

長部日出雄さんとも、前には、よく新宿であった。やはり直木賞をとった佐木隆三さんとも、ひところは、しょっちゅう顔をあわせたものだ。

ほんとに、だれだかわからない若い女もいる。それでいて、ぼくとはなかのいい女なのだ。

ときどき、ぼくは、だれかとはなしこんでいる。しかし、どんなはなしをしてるのかはおぼえていない。

新宿ゴールデン街、歌舞伎町、ぼくが飲んであるいてる範囲は、おそらく、直径五十メートルぐらいのところだろう。それだって、いきつけの店はなん十軒もある。

ともかく、お説教をするオジさんのいる飲屋はさけて、あちこちに首をつっこむ。

ふつうのひとは、酒を飲むと、お説教をしたがる。

飲屋のオバさんだって、お説教をする。旅にでたとき、たまに、芸者をよんだりするが（ぼくがよぶのではない）芸者っていうのが、またよくお説教をするんだなあ。

世間では、ふつうのひとがいちばんいいひとみたいに言うけれども、ふつうのひとは、飲んで、お説教をするからこまる。ふつうのひとにもなれないやつは、ダメなニンゲンで、どうしようもないけど、あまりお説教はしない。

そして、飲んであるいてるうちに、たいてい、へんなひとにあう。「どうしたの？」とぼくが言うと、相手はニヤニヤしてる。何年もあわないでいて、ひょっこり、そのひとが飲んでるところにはいっていったら、「どうしたの？」ぐらいしか言いようがないじゃないの。そして、相手も返事のしようがなくて、ただニヤニヤしてる。

歌舞伎町の路地の奥の「かくれんぼ」でも、ひょっこりデブレにあった。なん年ぶりかだ。

昔……といっても、そんなに昔でもないが……この「かくれんぼ」にはレイコがふたりいて、まぎらわしいので、デブのレイコにデブレという名をつけた。そのデブレがお客できて、飲んでいる。

「どうしたの?」

「うーん、パリにいたの」

「ありゃ、それ、結婚指輪?」

「そう」

「バカだなあ、ケッコンなんかして……すぐ別れろ」

「これ、うちの亭主」

デブレがよこにならんで飲んでる男をゆびさす。

「コミちゃん、オチンチンの手術したの?」

カウンターのなかの女のコがきく。

「バカ、もうなん年も前のことだ」

「それで、コミちゃん、オチンチンないの?」

「バカ、オチンチンがなきゃ、しゃがんでオシッコしなきゃいけないじゃないか。おれ、ちゃんと立ったまま、オシッコしてるだろ」

「わたし、コミちゃんがオシッコしてるところ、見たことないもん」

「じゃ、こんど、見せてやろう」

「うん、見せてえ」

……その神父さんのてのひらが、大きくて、ごつくて、皮膚がかたいの。まるで、クリーニング屋の昔のアイロンみたいなのよ……ママがはなしてる。ギリシャ正教のロシア人の神父さんのことのようだ。

渋谷かどこかにいるオジイさんで、右手だけが、とくべつ大きくて、皮がごつく、それを火であぶって、病気のひとのからだにアイロンをかけると、なんの病気でもなおしてしまう、というはなしを、たしか、映画監督の若松孝二さんから、飲んでるときにきいた。

ぼくたちは、れいのロッキード事件のはなしなんかしなかったなあ、あんなバカらしいことは、おしゃべりのタネにもならない。あの証人喚問を、おもしろがって、テレビで見てた連中は、よほどヒマで、たいくつなひとたちなんだろう。ダメなノンベエは、もっといそがしい。

昨夜のこと

二十日ばかり旅をしていたので、ひさしぶりに新宿にいった。八時すぎに、新宿・花園の路地の「まえだ」につき、ジンに野菜ジュースのV8をたらしこんだやつを飲みはじめる。「まえだ」のママが、ぼくの健康のことをおもい、伊勢丹デパートから、バーゲンで四ダースの大箱のV8を買ってきたのだ。沖縄では、バーのホステスが、よくビールにV8を割っていたっけ。

新宿駅ビル地下の食品売場で、八十円の塩サバ一切れと二百円の肉ダンゴを買ってきて、「まえだ」のカウンターの隅のほうで「ジンをたくさんいれて、V8をあんまりいれるな」とどなりながら、飲んでたべる。

塩サバはおいしかったが、肉ダンゴのほうは、二百円にしては個数がおおいとおもったら、やはり、粉っぽくて、肉らしいものが舌にさわらない。

それで、さっきから、肉ダンゴのほうを横目でにらんでる男に、「トライしてみるかい?」ときいたら、「ええ、ぼくはなんでもトライするほうで……」と、よろこんで、みんなたべた。よっぽど腹がへってたのだろう。なにをやってる男かはしらないが、お父さんは、ある大学の有名な教授だそうだ。

若いダーク・スーツを着た男が酔っぱらってる。その男とぼくとのあいだに、べつの酔っぱらいがはいりこんだ。そして、いきなり、ぼくに、「ラグビーをやりませんか」と言う。しらない男だ。いや、しってる男で、ぼくが忘れてるのかもしれない。ぼくは、まだ、ジンをダブルで二杯しか飲んでいないが、ちょいと飲むと、とたんに酔っぱらう。もともとが、酔っぱらいだからだろう。そして、午前三時、四時ごろまで、えんえんと酔っぱらっている。

しかし、飲みはじめたとたんに酔っぱらうが、一口も飲まないうちは、酔っぱらえない。あたりまえのことだとおもうかもしれないが、ぼくにはふしぎでしょうがない。

その男は、ラグビーのはなしは、ケロッとやめて、となりのダーク・スーツの若い酔払り《できあが》に文句を言ってる。

「あんた、ずるいよ。自分のズボンに、だらだら、ウイスキーの水割りをこぼしてさ」

ダーク・スーツの若い男があおるようにして飲んでいるウイスキーの水割りは、はんぶんぐらい口からこぼれ、顎《あご》のさきまでながれて、そこから、べしょべしょとダーク・スーツのズボンにおちている。

しかし、自分のズボンに水割りをこぼすのはずるい、というのはどういう意味なのだろう。ひとのズボンに水割りをこぼすのはかまわないのか。

あとで、フランス人のフィリップがニホン人の奥さんときた。フィリップは、ぼくの顔を見ると、いつも「パパ！」と大きな声でよぶ。フィリップの苗字はしらない。フィリップはニホンでなにをやってるんだろう。

「まえだ」からおなじ花園の路地の「あり」にいく。「あり」のママの燿子さんとは、ぼくは来世を契っている。ざんねんなことに、燿子さんの今世の予約はぜんぶふさがっていて、いちばん最後は阿佐田哲也さんだそうだ。

そのかわり、来世は、まっさきにぼくのところに、十八歳の処女でくるという。いくら来世でも、十八歳の処女なんておそろしい。すこし古びてからきてくれ、とぼくは燿子さんにたのんでいる。

「あり」でジンの新しいボトルを買う。それで、五千円だけおいてきた。ママの燿子さんが、「うれしいわ」とよろこぶ。この店も、だれかが金を払ってるのを見たことがない。

「あり」から歌舞伎町の「まつ」へいく。花園の路地をぬけるとき、ふたりばかりのおにいさんおねえさんに「おとうさん、おはよう」と声をかけられた。「まつ」では菜の花のおしたしとカツオのたたきのお通しをだしてくれた。「まつ」のママのミイ子がカナダに旅行したことはしらなかった。カナダの列車は、車内でアルコール類を飲んじゃいけないのだそうで、コカコーラの壜でカモフラージュして、女四人でウイスキーを飲みつづけたそうだ。「だって、飲まないでいるわけにはいかないもん」とミイ子は言う。

飲んでるうちに、推理作家の都筑道夫さんがきた。都筑さんは、ぼくの大好きな作家で、歳はぼくのほうがおおいが、大先輩だ。都筑さんは、ふだんでも、しずかなひとだけど、お酒もしずかに飲む。映画のことのおしゃべりになった。ついでだが、きょう見た、前田陽一監督の「三億円をつかまえろ」とソフィア・ローレンとマルチェロ・マストロヤンニ主演の「ガンモール」はおもしろかった。

「まつ」から「かくれんぼ」へ。カウンターのなかに、ブルージーンの上下つなぎのオーバーオールを着た、肌が白くて目が大きな女のコがいた。新しい女のコだ。ここでも、ジン。

もうかなり酔払《できあが》ってるので、「かくれんぼ」の急な階段を用心しながらおりて、花園の路地にもどり、「唯尼庵」にはいる。あいかわらず混んでいて、ママのおキヨがひとりで奮闘していた。

いつもなら、おキヨはサンキチ（も女のコ）やお客の男のコをつかって、自分は飲んだくれてるのだが、今夜は、カモがいなかったらしい。

ぼくの顔を見て、おキヨが、「ハーイ、コミ」とうれしそうな声をだしたので、ヤバいとおもい、ジンのダブル一杯だけで、ぼくは逃げだした。

それから、またまた、歌舞伎町に舞いもどって、「いこい」へ、あと、「まえだ」にかえり、そして二度ほど脱出し……。

わめき酒

某月某日
新宿・花園街の「まえだ」で飲んでると、佐木隆三がはいってきて、「コミシャーン」とぼくのからだを抱きあげた。
佐木さんは沖縄にいっていた。ひさしぶりだったのだ。
ところが、佐木さんはぼくを抱きあげただけで、あとの面倒はみず、手をはなした。

おかげで、ぼくはほうりだされたカッコになり、木の角に両足のスネをぶっつけ、青く腫れあがった。

澁澤幸子さん（澁澤龍彦氏の妹）もきて、歌をうたう。澁澤さんのテーマ・ソングは「アッツ島玉砕の歌」。

そのほか、「防空壕の歌」、ナツメロ、シャンソン、なんでもうたう。流しのアコーディオンのマレンコフは、いつも大サービスで、何十曲、うたったかわからない。

ぼくは、〽小ぬか雨降る、港の町の……という古い長崎の流行歌が好きだ。マレンコフの歌本には、〽島のジャケツのマドロスさんは……と書いてある。

澁澤幸子さんは、度胸がある、なんてケチなものではなく、そだちがいいせいか、ニンゲンをこわがらない。

はじめてあった夜、新宿南口のおっかないところにつれていったら、ちょうどガタついてる最中で、ガラスがわれ、かなり血が流れたのか血なまぐさく、ところが、幸子さんはコウモリ傘を逆手にもち、「やれやれ」とけしかけ、ぼくはあわてた。

某月某日

おなじ新宿・花園街の「薔薇館《ばらやかた》」で飲んでると、うしろで口喧嘩がおこった。

それを、ぼくのつれの女がとめにはいり、そのうち、とつぜん、ぼくは、「よけいなことをするな」とつれの女の胸倉をつかんでひっぱたいた。

そして、わめいて表にでて、また、わめき、女が、「みっともないわよ」と手をひっぱり、すると、どういうわけか、ギターの流しのおにいさんが、女の首をしめ、女はムクれて、びっくらこき、「このひとは、わたしの恋人よ」とさけんだ。

だいぶ前だが、おなじ新宿で、ある女と通りをあるいていて、交番のお巡りにとっつかまった（なんで、お巡りにつかまったのかはおぼえていない）。

すると、女が、「このひとは作家よ」とさけび、ぼくはおどろいた。

まだ学校に籍があり、小説もなにも書いてないときだ。

ぼくは、えれえ恥ずかしいおもいがしたが、この女とは長い関係になった。

「恋人」といわれたのもはじめてで、たいへんにおどろき、ぼくは、恥ずかしさに、とたんにシュンとなった。

この女とも、長くなるかもしれない。

ほかにも、女はたくさんいるのに、なぜ、こんなに身も世もあらぬ恥ずかしいおもいをさせるひどい女にばかり当たっちまうんだろう。

某月某日

歌舞伎町の「かくれんぼ」でミイ子とあう。

ミイ子は学生だが、なにかの雑誌で川上宗薫と対談したことがあり、そのあと、ぼくと飲んで、「感度だとか、構造だとか、肌のきめのぐあいだとか、川上宗薫ってセンセイは、ぜんぜん、女がわかっちゃいないのよ。あんな男はフンサイだわ。断固、フンサイ！」とぼくと意気投合したことがある。

ところが、たまたま包茎のはなしになると、「ホーケイって、なあに」とミイ子のやつ知らないんだな。

包茎でおもいだしちゃいけないが、石堂淑朗《としろう》は、三光町《さんこうちょう》の飲屋の、ぼくが惚れてる女のところにいって、「いっぺんヤラセロ」としつこく言ってるらしい。

石堂はやたらにでっかいせいか、ナマケモノで、モテないものだから、自分で女を開発せず、ひとの女ばかりねらいたがる。

某月某日

また、新宿でチンボツ。寒くはないし、そんなに暑くもないし、チンボツしやすい季節だ。

昼すぎにおきて、区役所通り左の「おかめ」にメシをたべにいったかえりに、共同トイレの前で洗濯をしている「小茶」のオバさんにあった。

「小茶」は、東京でも、おそらく最高にぶっとい鮭の塩焼きをたべさせてくれる。武蔵野館裏の「和田マーケット」のころからの店で、ここのママには、なにかズバッとした気分がある。

前の晩、オニギリ屋のオニギリの三コ分はゆうにあるオニギリを五つもつくってもらったが、みんな、ひとにたべられた。

コマ劇場の裏のお風呂屋さん「歌舞伎湯」で「三日月」のオジさんとあう。オジさんといっても、ぼくとおない歳。

この店のフライド・ポテトは、生のじゃがいもからつくり、日本一。

風呂のかえりに、歌舞伎町の「まつ」によってビールを飲む。

このあいだ、ぼくがオチンチンをバッサリ切ったとき（ついに、しっ、しんの手術をした）ホータイをまいたオチンチンを見せにきた、と、「まつ」のミイ子が言う。

あんまりおぼえてなく、あらためて恥ずかしい。

某月某日

旭町（今は新宿四丁目）の路地の奥の「おそめ」にいく。

足にケガをした男がいて、血が流れ、痛そうにしている。

女をつれて、「おそめ」に飲みにきたが、薬屋にホータイを買いにいった女が、なかなかかえってこないのだそうだ。

女は、とうとうかえってこなかった。赤チンにホータイかなんかを買いにいったんだろうから、せいぜい、二百円ぐらいの金を、男からあずかってたんだろう。

それをもってトンズラしたというのは、ケガをして、血がでて、痛がってる男には気の毒だが、おかしくなる。

ひさしぶりに、陽子にあう。陽子は、ぼくの耳に口をつけて、

「わたし、堅気になったのよ」とささやいた。

埼玉県の本庄の飯場で飯炊き女をやってるんだそうだ。

しかし、堅気になったのを、なぜ、声をひそめて打ち明けるのか。

ながいあいだ、蘭子にあわない。蘭子は、もうあんまりきれいとはいえないが、オカマの鑑《かがみ》だ。

ひところ、それこそ飯場の飯炊き女になっていたが、「あんなところ、こわくって

……」と逃げてきた。

毎晩のだらだら酒がついに頭にきて、それでわめきちらし、チンボツしてしまうのか。

ともかく、酒癖がわるくなりました。

商売にならない相手

今年の夏はとくべつ暑かった、とみんな言うが、ぼくは七月にサンフランシスコにいき、九月にかえってきたので、今年の暑さはしらない。逆に、寒いおもいをした。いく前から、サンフランシスコは涼しい、ときいていたので、セーターと上着はもっていった。しかし、セーターぐらいでは、どうしようもない寒さだった。

それでも、夏と冬とが逆になる南半球とちがい、おなじ北半球で、ニホンと緯度もそんなにちがわないし、だいいち、今は夏のいちばん暑くなるころで、という気があった。

夏のあいだは、サンフランシスコには観光客がおおく、れいのケーブルカーも、観光客が列をつくっていて、三十分ぐらいはまってなきゃいけない。

だから、ぼくは四十日あまり、サンフランシスコだけに、のろーっといたが、ケーブルカーにはのらなかった。こんどの滞在だけでなく、サンフランシスコでは、まだ一度もケーブルカーにのったことはない。

それはともかく、これは観光客だな、とわかるひとがいる。たとえば、半袖のシャツだけを着てるひとだ。サンフランシスコに住んでる者は、もちろん例外もあるけれども、たとえ半袖シャツを着ていても、若いひとなら、腰にセーターをまきつけてるとか、上着をもってるとかしている。

老人などは、七月末のウインディ・ナイト（風の強い夜）などはオーバーの襟をたててあるいていた。サンフランシスコにきた翌日の夜、ある女性とパーティーにいったが、その女性は真冬の毛皮のオーバーを着ていて、おどろいた。

しかし、こんなふうにおどろいたりしてたのがいけなくて、さっそく、風邪をひき、十二指腸潰瘍でヒイコラ痛く、ぼくも毛皮のコートを買ってきた。

もっとも、酒を飲む以外は、ぼくは大ケチで、サンフランシスコの有名なチャイナ・タウンをとおりこしたところのブロードウェイの通りで、チベットのコートを買った。

グレイの色で、ボタンはなく、前は紐でむすぶコートだ。値段は、日本円で四千五百円ぐらい。

たしかに安いコートだけど、なんの毛皮だい、とみんなでわらう。犬かなあ？ 犬じゃないみたいだな。犬よりおつる動物の毛皮かもしれんぞ、なんてさ。ぼくが泊ってたホテルのななめむかいの角のタンヌル・アップ（トンネルの上）というバーのバーテンの女は、どんなにホリブル（おそろしい）コートかとおもったら、ま、ふつうにホリブルじゃないの、と言ってくれた。

このバーテンは、まだ若い女で、やせぎすで、乳房《パイオツ》が大きくないのがいい。サンフランシスコに四十日いて、女たちのオッパイがでかいのは、見てるだけで、うんざりした。

メロンなんて大きさではなく、もうスイカなみにでかいのが、ゆっさゆっさ、バストでゆれあってる。

だけど、バーのカウンターのなかにいる女のコは、わりとオッパイがちいさいほうで、アメリカのノンべさんたちはでか乳房《パイ》がきらいなのかもしれない。うちにいるデカ乳房《パイ》がこわくって、バーに飲みにきてるとかさ。

ここのバーは、みんな常連で、ぼくはすぐなかよくなり、毎晩のように飲みにいった。なにしろ、ホテルをでて、通りをよこぎるだけでいいんだもの。

飲んで、大きな声でしゃべるオバさんが、さあ、今からかえって、ファックするか、なんて言ったりしている。

その亭主は、しなびた小男で、元気のいい女房の声など耳にはいらないみたいに、ほかの者としゃべってる。

別れる（別れた）はずの男女が、くっついて、なにかこちょこちょはなしあっており、

「あのふたり、いったい、なにをやってるんだ？」

「きっぱり別れる前に、一発、いいやつをやろうって相談してるんじゃないか」とか、はたでわるくちを言っている。

サンフランシスコについた夜、ぼくがこのバーにいったときいて、あそこのバーはあぶない、と救出にきたサンフランシスコ駐在のニホン人がいた。

たしかに、近所のほかのバーにくらべると、あまりガラのいいバーではなく、ヨッパライもおおいけど、ぼくにはむいてる、いいバーだ。

酔っぱらいの科学

科学という文字は、新聞や雑誌、小説のなかでも、しょっちゅうお目にかかっている。だが、これを書くことになって、科学という言葉が、自発的にぼくの頭にうかんだりしたことがないのに気がついた。つまり、ぼくは、科学について考えたりしたことはないらしい。

それは、ぼくをとりまくものが、ほとんど、いや、もしかしたら、みんな科学的なものなので、それに埋没し、見えなくなってるのだろうか。たとえば、ぼくたちは、いつも空気にとりまかれているが、海にもぐったときぐらいしか、空気のことは意識しないみたいに……。

だが、たしかに、ぼくたちは空気のなかで生きており、げんに、空気はぼくたちをつつみこみ、ぼくたちのからだのなかにも空気はあるけれども、科学は、げんに、どこにあるだろうか？

今から、一時間半ぐらい前、ぼくは布団からおきあがって、枕もとのヤカンをぶらさげ、階段をおりて、洗面所にいった。

枕もとのヤカンは、当然のことだが金属の加工品で（木製のでこぼこしたヤカンなんかおもしろいだろうなあ。もっとも、そんなヤカンは火にかけられないか）これは科学的なものだ。だいいち、一時間半ぐらい前というのが、時計の時間で、科学的なものだ。ついでだが、時計による時間は、ごくごく表面的、記述用の、死んだ時間のように、ぼくはおもっている。

布団なんて、言葉からの感じでは、あまり科学的ではなさそうだが、これも、どうしようもなく科学製品であり、階段も、洗面所も、洗面所の鏡も（ぼくには鏡はいらないよねえ、むしろ、鏡なんかはじゃま物だ、しかし、鏡があるので、鏡のなかの自分の顔を見る。目があいてて、鏡が前にあれば、鏡のなかの自分の顔が、しかたがなく目にはいるのだが、それでも、ひどい顔だなあとはおもいながら、しかたなく目にはいるだけでなく、見ているというふうでもある。すべてが、科学のようだが、これは科学だろうか？）ポリの洗面器も、ポリのコップも、コップに注ぐヤカンの水も、みんな科学サンにインネンがあるだろう。

枕もとに水がはいったヤカンをおいて寝るのは、酔っぱらいのなさけない宿命だが、たとえ水でも、水道からでる水は、もう、科学サンの身内だ。水道の水どころか、深山の奥の処女雪がとけて流れこんだ小川の水でも、なにかで科学にカンケイがあるのではないか。今では、地球上どこにいっても、自然処女みたいなものはなくて、みんな、科学に犯されているにちがいない。

しかし、ぼくが酔っぱらうのは、昨夜の場合だと、山梨から一升壜でまとめて百本送ってくる地酒のワインとサントリーのジンのせいだが、これは、あきらかに科学のものであり、ぼくが酔っぱらうのは生理現象で、科学的に説明されることだが、ぼくが酔っぱらうことは科学だろうか？

ヤカンの水の残りを、ポリのコップにいれて、歯をみがく。水を節約しようというのだ。これは、あるいは科学的な心がけかもしれない。だが、こうして、わずかな水をケチケチ節約し、いっぽうでは、無駄な水をどんどん流している。たとえば、トイレにいって、ウンコもオシッコもしないで、ただ便器に腰をおろしていただけなのに、トイレをでる前に、水洗の水を流さないと気がすまないとか。

こういったことは、はたして、科学に関係があるだろうか？　心理学とか、精神病学とかいったもので、こういうことを説明しようとすれば、また、科学的なことにちがいない。

だが、ぼくは、説明をもとめているのではない。ふだん、ごくふつうに、ぼくがやってることだ。

こんなふうに、ぼくたちのまわりじゅう、科学にインネンのあるものばかりだ。しかし、げんに、そこに、科学があるのではない。

ぼくたちは、落ちたザクロの実をひろうように、科学を手にすることはできない。だから、ぼくにすれば、科学というのは文字だけのものだ。

ぼくたちは、個体のなかにうまってくらしている。ぼくたち自身も個体だ。そして、個体を個体としてあらしめている個体因子のようなことが、井上忠先生の書いたもののなかにあったりすると、ぼくはうれしくなる。

だが、科学というのは、すくなくとも、ぼくにとっては、個体因子のように、ミスティックでうれしいものではない。科学という名前だけだ。個体因子には名前がない。名前があるだけ、チャチだとおもっていい。

さあ、これから、チャチなことをやりますよ、名前もどんどんつけます、なにしろ便利ですからね、と科学は言ってるのではないか。

便利なために、目が見えなくなったり、もしかしたら、生きてもいないことは考えないで……。

ほろよい旅日記

家出バッグ

どこにいくのでも、いつも机のそばにおいてあるバッグを肩からぶらさげてでかける。このバッグのことを、家出《ヤサグレ》バッグ、とわるくちを言う者もいる。

いろんな物がはいってるバッグではない。たとえば洗面道具はない。洗面道具がないと家出できないということはない。

本ははいっている。おもくないように、文庫本のたいてい哲学の翻訳書だ。むずかしい本は読むのに時間がかかる。一冊の本を、なるべく長く読んでいようというケチな根性で、むずかしい哲学の本を読む。

なさけないことに、老眼鏡もバッグにはいっている。老眼鏡がないと、まるっきり本が読めない。家出《ヤサグレ》バッグのなかに文庫本はあっても老眼鏡がなかったり、老眼鏡はもっていても本がなかったり、なんどか、もどかしいおもいがした。

しかし、おかしなもので、飛行時間が長い国際線の旅客機のなかでは、あまり本は読まない。旅客機にのるとすぐ飲みだしたりするからだろうか。

成田空港でも外国の空港でも、夜の九時ごろ出発する便がおおい。そんなときは、旅客機にのるまえから飲んでいて、旅客機のなかでは、食事のまえにマルティニを飲み、食事のあいだは白のワイン、食後はジン・ソーダを飲む。

飲物《ドリンク》のサービスがたいへんにいいと評判の航空会社がある。たとえばシンガポール航空とかさ。ところが、お昼の食事のときは、それこそマルティニからはじまり、食事中は、民族衣裳のきれいなスチュワーデスが、ふんだんにワインをついでまわり、食後はポートワインにブランデーと、やたらにサービスがいいのに、夜の食事のときのドリンクのサービスはまったくお粗末ということがある。

ぼくはノンベエだが、昼間は酒を飲まない。だから、こんなとき昼の食事は飲むのをグッとがまんして、さて、いよいよ夜の食事になったら、食前のマルティニと食事中のワインぐらいで、あとはさっぱりというのでは、たいへんにこまる。

それで、ウイスキーをいれた小型のフラスコをもっていく。直木賞を受賞したとき、友人たちがくれたフラスコで、ちんまりちいさくて、バッグのなかでも場所をとらないが、あんがいウイスキーがはいる。

フラスコは大きいのはヤボったい。また、空港の免税店で機内で飲むためにウイスキーを一本買ったのではおもすぎる。免税店では小型、中型の酒類は売ってないところがおおい。

また、免税店はかならず安いとはかぎらない。去年の夏、ポルトガルのリスボン空港の免税店で買ったジンよりも、スペインのマドリッドの近所の店のジンのほうが、よっぽど安かった。

ついでだが、ぼくは免税で酒類を買うことはあっても、自分で飲むためだけで、おみやげに買うことはない。くりかえすが、酒類はおもいんだもの。

ある外国の町に一か月も二か月もいることがある。べつになにもしていない。ただ、のろーっといるだけだ。こんなときは、ホテルには滞在しないで、いま流行《はや》りのコンドミニアムとかフラット（アパートメント）とかにいる。部屋数が三つも四つもあるような、ずいぶん広いフラットにいることもある。

もちろん台所《キッチン》つきで、ぼく自身は料理はしないが、ひとに料理をつくらせる。土地のおいしい材料で、毎日たいへんなごちそうをつくる。そして、地酒のワインだけでなく、その土地のつまり地酒のビールを飲んでいる。

そのキッチンには、御飯茶碗や味噌汁のお椀などはないが、たいていのものはそろってるのに、マナイタがない。スープや味噌汁をつぐのにお玉杓子もない。マナイタはごくたまにはあっても、お玉杓子はまちがってもない。

だから、外国の町にいくときは、わすれないでマナイタとお玉杓子はもっていくことにしている。ぼくみたいに、なるべく荷物はすくなくしてる男が、このふたつだけはもっていく。これから、外国旅行でホテルではなくコンドミニアムを利用なさる方々がおおくなるとおもうが、マナイタとお玉杓子は用意なさったほうがいい。

さて、そろそろ、どこかにでかけるか。旅のあいだ、キェルケゴールの文庫本を読みなおすかな。そして、こんどはフラスコにブランデーをいれてもっていくか。

港さがし

昭和二十三年の夏ごろ、北陸で、ぼくはある港町にいった。ぼくはテキヤの子分で、東京に帰る汽車賃がなく、一年ばかり北陸をうろうろしていたのだ。

その港町には、ちいさなふしぎな橋があった。橋の長さは二メートルぐらいのオモチャじみた、しかし、古い石造りの橋だった。

橋の下もふしぎな水で、水量たっぷりに青く透きとおっていた。その水の色もあわいみどりがかっていたり、橋の下のほうが影になってるからか、藍色に底知れぬ感じでもある。せまい幅なのに、その水がふかぶかとたたえられていて、流れはない。しかし、淀《よど》んでるふうではなく、ふかくしずかに、たっぷりつづいている。とにかくしずかだ。

水はひくい石垣にはさまれ、石垣の上に家々の裏壁がある。裏壁に出入口があって、ちいさな石段がななめに水面におりていってるところもある。

ふしぎな水は海の水で、海につうずる堀割（運河）だときいた。海からあがってきた水ならば、たっぷり水量があって、ふかくしずかなのも合点《がてん》はいく。それにしても、なんとやさしい色の海の水だろう。それにきれいに澄んで、たっぷりふかく……海は近いのか、遠いのか。


この港町の遊廓《ゆうかく》もしずかな遊廓で、ひとどおりもあまりなく、あっさりとした木の門のそばで、ぼくは易者《ろくま》をやった。ひともいないところで口上《たく》をつけてると、下駄をはいた遊廓の女がひとりでてきた。戦後だから、遊廓ではなく、赤線とよばなきゃいけないのかもしれないが、ここは戦災にあってない遊廓だった。女もそういった女だったが、くらい、じめじめしたみたいなところはなく、はしって、かえって、ほかの女もつれてきたりした。

ちいさな港町の二、三軒しか遊廓の家はないようなところで易者をはじめたぼくの、女は世話役みたいな気持ちだったのかもしれない。昭和二十三年は、ぼくは二十三歳で、テキヤの子分で北陸をうろついていたが、まだ大学に籍もあった。女はぼくの世話役みたいなことをしていたが、歳は二十歳前《はたち》だったのではないか。

ともかく、その遊廓の女のおかげで、まず、ぼくはウドンをたべた。その日は、朝からなにもたべてなかったのではないか。

ただし、ウドンをたべたあとは、易者の商売はさっぱりで、女も客がなく、ふたりでなにかに腰かけて、ずっとおしゃべりをしていた。

ただ、商人宿と看板はだしていても、昔のままの木賃宿に泊る金は残っていた。その木賃宿に蚊帳《かや》が吊ってあったので、昭和二十三年の夏ごろと思うのだ。

この港町を、ぼくは長いあいださがしていた。ぼくは港が好き。港町が好きで、北陸に旅行したときも、港町で飲み、港町の旅館で泊ったりした。だが、どうしても、この港町にめぐりあえない。

じつは、福井県の三国港がそうではないかとおもってたのだが、だいぶ様子がちがう。未練がましく、三国港には三度もいったが、あきらめた。

そんなふうにして、二十年以上もたったとき、富山県の新湊《しんみなと》にいき、ああ、ここだったのかなとおもった。

しかし、海からの堀割もあるが、ぼくがおぼえてる堀割よりも、ずいぶん大きい。それにしても、海の水(?)をたっぷりたたえたあの堀割の、なんとせまく、それでいてのどかにのびていたことか。

ところが、「港さがし」というぼくの短篇を読み「あのころの三国港は、ほんとにあんなふうでした」と読者からお手紙をいただき、ぼくはまた迷いだした。

二十年も三十年もたてば、港も港町も変わるのがあたりまえだろう。

海そのものも、すっかり変わってしまう。三国港に新湊、古い恋人がふたりでてきちゃ、迷いますよ。

風景のなかの昭和

昭和二十三年の四月ごろ、新宿西口の線路ぎわの道をあるいていて、高島易断・書生募集のちいさな張り紙を、ぼくは見つけた。国鉄新宿駅西口の改札から、いまは犬屋などがあるガードの入り口まで、そのころは線路ぞいに道があった。

この道に面してバラックがのび、ガードちかく、いまの共同トイレのむかいあたりに、東久邇宮様の店だという骨董屋があった。ご自分のお邸《やしき》の骨董を売りにだしてたのかもしれない。この骨董屋には、われわれとは顔かたちなどもまるでちがう、やんごとない老女のような方がいて、煙管《キセル》できざみタバコを吸ってるのが、みょうな感じだった。

いや、ぼくは書生募集の張り紙を見て、足もとがぶかぶかするような急な粗末な階段をあがって、高島易断にいき、書生になった。このがたぴし階段の下にはトイレがあり、たまには、宮様もこのトイレをおつかいになっていた。ぼくもつれションをしたことがある。

さて、この高島易断だが、子・丑・寅の十二支を書いた紙を地面におき、ステッキでさして口上をつけ、客を集め、そして客をオトして、易断所にひっぱっていく。じつは、テキヤの中ジメで、張込《ばりこ》み易者《ろくま》という。易者はとっぽい商売で、ゴマノハエが稼いだ金まで見料でとっちまうからロクマだときいたが、易者《ろくま》自身が言うことだから、当てにはならない。でも、こんなことはよく知っていて、ぼくは高島易断の書生になった。子供のころから、ぼくはテキヤが大好きで、なかでも、だんぜんおもしろいのが、この張込み易者だった。

そのころの新宿は、武蔵野映画館の駅よりの裏の和田組マーケットあたりが、いちばんにぎやかなくらいで、それでも夜はくらかった。新宿駅前の住友銀行のよこをくだる道なども、谷あいに雨水が流れてできた、でこぼこすじみたいな道で、あとになり、夜はこの道の銀行の壁よりに、タテに一列、易者がならんだが、その第一号は、ぼくとなかのいい須田剛だった。

西口は、いまでもおもかげが残っている安田組のマーケット。そして、歌舞伎町のはずれに、ぽつんとはなれて映画館の地球座、もっとさきの淀橋青果市場。

新宿駅南口の甲州街道に面して、松竹系の新宿第一劇場があって、浅草国際も戦災で廃墟のままだったし、ここで、松竹歌劇の公演をやっていた。

いまは新宿駅中央口というのだろうか、聚楽《じゅらく》の建物も残っていて、その裏に空き地があり、ここで、ぼくが張込み易者の口上《たく》をつけてたとき、新宿ムーランルージュの踊り子に、「おにいさん、なにをやってるの」と言われた。そのまえに、ぼくは軽演劇の舞台雑用もしてたことがある。

聚楽の裏の空き地のそのまたむこうが、和田組マーケット。カストリは有名だが、やはり闇焼酎で、どこかからもってきたアルコールを水でうすめただけのバクダンがあり、ぼくはバクダン党だった。バクダン一杯三十円ぐらいのときからの、新宿とのおつきあいになる。バクダンもカストリも、その日のできによって、味やにおいがちがう。ひどくくさいカストリだとおもったら、「じつは、材料の雑穀を焦がしちまって」とカストリ屋のオヤジがわらったこともあった。

新宿西口の安田マーケットの栄養シチューも三十円ぐらいだった。いっしょくたになった進駐軍の残飯を大鍋で煮たもので、いやにかみきれない肉だとおもったら、れいのゴムだったなんてこともめずらしくなかった。

中国大陸から復員し、東大にいきだした翌年のことだ。それからずっと、新宿をうろうろしている。新宿ゴールデン街の名前が評判になりだすまえから、新宿・花園の飲屋にもいっていた。ここは、もとは青線のおんな屋で、そのため建物もおかしい。せまい二階のそのまた上に、ハシゴをかけてのぼる、天井に頭がぶつかるちいさなスペースがあったりする。オジンになり、酔いつぶれるのがはやいぼくは、店で飲んでる連中に尻をおされ、二階においやられる。だが、これももと青線のせいか階段はほそく急で、途中で階段に顎《あご》をひっかけ、ぶらさがって眠ったりする。

ゴールデン街のもっとむこう、新田裏《しんでんうら》のあたりから、毎夜、ひょっこり姿をあらわし、四谷第五小学校の塀にオシッコをして、おもむろに、流しの芸をやっていたエイコちゃんも、とうとう見れなくなった。エイコちゃんは、なぜかおじいさんで、もう背中がまがり、これまたなぜか、いつもゴム長をはいていた。

あらわれては消える飲屋やバーがおおいなかで、ぼくのいきつけの店は、ほんとに長いあいだつづいている。戦後の和田組マーケットのころからの飲屋もあり、こんな店はみんな安い。

歌舞伎町の路地の奥に、とってもおいしいオムレツをたべさせる飲屋がある。ぼくはオムレツが好きで、外国でもあちこちでオムレツをたべてるが、ここのオムレツはとびぬけておいしい。この店はステーキも魚もおいしい。オムレツをサカナに、ぼくはでかいグラスでジン・ソーダを飲む。

外国の町にいくと、ちいさな路地がないのがなさけない。ニホンの町でも、どんどん路地がなくなっている。

しかし、新宿にはまだ路地がある。そして、路地と路地とのあいだの、ほんとにせまい隙間を逃げていくときのぼくは、両足ともしびれてるオジンにしては、たいへんすばやいそうだ。

新宿の街はひろい。新宿二丁目あたりまであるいていくと、かなりの距離がある。バーやスナックの数も、かぞえきれないくらいおおい。しかし、したしい友だちが新宿のどこかで飲んでると、いつも、ひょっこりあう。これもふしぎなことだ。

市内バスを乗りついで

名古屋から尾張一宮《おわりいちのみや》にバスでいった。じつは、東京の東玉川のぼくの家の近くから、高速道路などはとおらない市内バスを乗りついで、ここまできた。バスにのっては東京にかえるので、一年以上もかかり、べつに記録をめざしているわけでもないのに、バカなことだ。

一宮についたのは午後六時すぎで、さっそく、駅裏の路地のいちばん奥の「きしちゃん」という飲屋で飲みはじめた。

かますを焼いてもらったら、ほそ長い皿に二匹のっかってきた。それで一匹ぶんの値段だ。しかし、かますは一宮の名物ってわけにはいかない。目黒の飲屋に、目黒のサンマってのがあったが……。

知り合いの女のコを、電話で、この飲屋によび、そのコはきしめん鍋を注文した。きしめんは、このあたりの名物だ。きしめん鍋は四百円で、たいへんに安い、とそのコはおどろいている。そして、きしめん鍋でウイスキーの水割りを飲んだ。水割りも四百円。

一宮は毛織物で有名だった。ニホンの毛織物の四十パーセントは一宮でつくったという。しかし、今では、ソニーなどの工場がたくさんあるようだ。

土地のひとたちが尾張一宮と言い、名鉄の駅の名も尾張一宮駅だが、おなじ愛知県の三河地方にも一宮町があり、こちらは三河一宮というらしい。

尾張と三河が、あれこれ張り合うのがおかしい。織田信長、豊臣秀吉なんてひとは尾張で、徳川家は三河。愛知県のなかで、ニホンの天下の争いをしてるわけだ。

名古屋を大きな田舎などと言うが、ニホンじゅうで、これほど合理的なひとたちがいるところはない。織田信長から徳川家、トヨタ自動車とニホンの中心は、ずっと愛知県だった。

「やないー、やないー」

急行列車を飛びおりると重い荷物をぶらさげた人々は皆、ホームを足早に駆け、階段をのぼる。柳井《やない》港《みなと》行きの汽車への乗替え時間は五分しかない。

本州の西の端っこ、山口県がちょうど足の形をしていると見るならば、そのかかとの部分に位置するのが柳井港。ひなびた漁港の素朴な味わいが、寂しさよりむしろ暖みを感じさせる。この柳井港から、四国松山へ渡る船がでているのだ。

といっても私がいったのは小学生の頃、二十年も前のこと。〝ポンポン船〟と当時よばれていた船は四～五トンとちいさく、瀬戸内海を渡るのに五時間もかかった。ポンポンポンポンとおおきな音とともに煙を空に吐き、激しく震動して、全力疾走後の巨大な心臓の上に乗っかってるようだった。

コトバをたべる

今朝は、粥《かゆ》をたべた。きょうは、早くおきた。枕もとの時計を見ると、八時で、もうひと眠りしようとしたが、ダメなので、しょうがないや、とおきてきた。オジイになって、いつまでも眠っていられないのだ。

早おきは三文の徳、という言葉がある。しかし、ぼくは三十分でもよけいに眠れたら、たいへんにトクしたような気持ちになる。

朝、早くおきてやるほどの仕事はない。また、逆に仕事があるときは、たくさん寝たら、仕事がしやすいだろう。いい仕事ができるのではないか、と言おうとしたが、いい仕事というのは、おこがましい。

寝てる者はおこすな、というのが、ぼくのうちの習慣になっている。これは、ぼくが子供のときからの習慣で、電話をかけてきて、眠っている者をおこしてくれ、などというひとには、ただ、ただ、あきれてしまう。もちろん、むこうのひとも、こんなことを言うぼくにあきれるだろう。

枕もとの時計が八時で、それから、もうひと眠りしようとして、ダメで、しかたなく、階下《した》におりていったら、女房がテーブルでたべていた。

もとは作業台だった、無骨な大きな、板の厚いテーブルで、いつものことだが、その上に、女房はひらったい板をのせ、板の上に、キュウリ、トマト、ハム、ゆでタマゴのきったのがのっていた。

キュウリのグリーン、トマトの赤、ハムのうすもも色（ハム色）、ゆでタマゴの白ときいろい黄身と、ちょいと色がそろいすぎていて、それに、庭からつんできたパセリが、キュウリよりも、もっとダーク・グリーンの、これはいい色をしていた。

女房はトーストをたべている。テーブルにむかいあって、上の娘が、パンにピーナッ・バターをこってり塗った上に、玉ねぎにピーマン、ハムなどを炒めたものをのっけて、たべている。

女房はふつうのホット・コーヒー、上の娘は、一年中、トール・グラス（大きなグラス）にアイス・コーヒーで、グラスにストローがつっこんであるのがおかしい。

上の娘は、女房の兄貴のエカキの野見山暁治がもう二十年も前にフランスでつかってたコーヒー挽きの四角な箱を、股のあいだにはさんだりして、コーヒーを挽き、コーヒー豆も、自分でどこかから買ってきたりするのに、それで、アイス・コーヒーをつくって、グラスにストローというのはおかしいけれども、本人は、毎日、そうやってるんだから、それがふつうで、おかしくはないのだろう。

女房も、上の娘が挽いたコーヒーを、ホットにして飲んでるわけではない、いつも、インスタント・コーヒーだ。

しかし、女房がインスタント・コーヒーが好きなのか、ただ、めんどくさいだけなのか、ぼくはしらない。そんなよけいなことを、女房にきくわけにはいかないし、きくこともない。女房にモノを言うときは、バカとかアホとか、キチガイとか、テイノウ、きょうは日本シリーズはない日だ、おまえは、プロ野球の移動日ってものをしらないほど、大ダラ（北陸の言葉でバカってこと。ついでだが、ぼくも女房も、北陸にはカンケイない）か、しかし、ストリッパーには移動日はなくてねとか、そういうことはどなってもいいが、おまえは、どうして、インスタント・コーヒーを好むのか、などときいてはいけない。

それから、どういう、おそろしいことになるかわからないからだ。ぼくだって、いろいろわるいことはしてるし、用心しなくちゃいけない。

それはともかく、台所とメシをたべるテーブルと、ま、居間みたいなものがいっしょになった部屋の壁時計が、七時五十分ぐらいなのには、なさけない気持ちになった。枕もとの時計が八時で、それからひと眠りしようとし、眠れなくて階下におりてきたら、七時五十分というのは、間尺にあわない。そんなチョボイチがあるか。

あーあ、夏の寝苦しいときがすぎて、布団のなかにいるのが気持ちよくなると、前は、十二時ごろまでも寝ていたのに……。たいへんになさけなく、よけい、二日酔の頭がキモチわるい。

もっとも、こんなふうに、朝はやく目がさめるのは、もうすぐ、死んじまうからで、死んじまえば、いつまでも、目がさめることがなく、眠っていられるってわけか。

ぼくの顔を見ると、女房は、「きょうは御飯がないから、今、お粥をつくってるの。

だから、ちょっと時間がかかるわよ」と言った。

ぼくのうちでは、だいたい、夕食に御飯を炊くようだ。前は、なん時間か前に米をといで、それから、まず釜のなかの水を沸騰させ、といだ米をいれる、なんてことをやってたが、今は、ふつうの米の炊きかただそうだ。

そして、麦を十パーセントぐらいいれる。これは、女房といっしょになったときから、麦はいれている。女房のうちが麦をいれるうちなのだろう。

わりと最近のことだが、うちで御飯をたべて、へえ、うまいや、とおもったことがある。そして、これが、こんなふうにうまいのは、いつもは、うまくない御飯をたべてるんだな、と考えた。

その御飯がおいしかったのは、ぼくがたべるときに、ちょうど、できた御飯だからだった。

ぼくのうちでは、だいたい、夕食に御飯を炊くが（ガス炊飯器）毎晩、ぼくは飲んでいて、御飯をたべるのは、たいてい、十一時以後だ。

それに、甲州のワインからジンと、うちにいてもさんざん飲んでいて、御飯は、せいぜい、茶碗に三分の一ぐらいのものだろう。酒を飲んで、食欲がでたり、味覚がするどくなったりするのは、ほどほどに飲んだときで、ぼくみたいに、毎晩の飲みすぎでは、舌もおかしくなる。

御飯どころか、酒のほうも、連日の飲みつづけでは、そうおいしくもあるまい。これは、なん年に一ぺんぐらいだが、ひと晩、酒を飲まなかったあくる日の酒の味でもわかる。

だから、御飯がおいしいとかまずいとか言っても、たべるほうの状態によってちがうのは、あたりまえのことだ。

たしか、千利休のはなしだとおもうが、美食家の武将がうまいものに食いあきて、千利休ならば、なにかとくべつうまいものをたべさせるだろうと訪ねてきた。ところが、メシ時になっても、膳がでない、とうとう、つぎのメシ時になったとき、あっさりした茶漬かなんかがでて、空《す》き腹《ぱら》のその武将はすごくおいしくたべ、さすが千利休と感心したという。

世間では、このはなしは、いいはなしとしてとおってるようだ。たしかに、はなしとしてはおもしろいはなしだが、実際にはどうだろう。

メシ時をひとつぬかして待ってたりしたら、ぼくならばいらいらして腹がたち、そんなとき食べたものは、腹がくうくう鳴っていて、食べるときにはうまかったかもしれないが、けっしてたのしいものではあるまい。

だから、これは、はなしだけのおいしさだろう。それに、おいしいものをたべあきて、千利休のところなら、とくべつうまいものを、なんて、ほんとに、その武将がおもったのなら、その武将がお粗末で、そういうひとは、ほんとにうまいものはたべられない。

だから、そういうお粗末な根性の武将にたいして、千利休のお粗末ぶりが、ちょいとかっていたというところだろう。

とくべつうまいものを、なんて考えるようでは、うまいものが食えるわけがない。言うなれば、そのひとは、観念が先行してるのだ。

今朝の粥は、厚い鍋で、米から煮た粥なのでねばりもてきとうで、粥が煮えるあいだ待たされた時間もてきとうで、おいしくたべた。

だいたい、ぼくは粥が好きだ。二日酔には、粥はいい。しかし、上の娘が、アイス・コーヒーをストローで吸いながら、「お米からつくった粥はおいしいのね」と言ったので、ぼくは、よけいなおしゃべりをした。

米からつくった粥は、冷飯からつくった粥よりもおいしい、ときめてかかったりすると、さっきの千利休のはなしとおなじように、うまい粥は食えない。

千利休のはなしは、空腹こそが、すべてをおいしくするという観念であり、米からつくった粥はうまい、というのも観念だ。

コトバを食っちゃいけないよ、とぼくは娘に説教した。米からつくった粥でも、冷飯からつくった粥でも、たべたとき、おいしい粥がおいしい粥だ。

ちょうど、北海道からカボチャを送ってもらい、朝食のテーブルで、カボチャのはなしがでた。そして、女房が、「北海道のカボチャはおいしい」と言うので、これにも、ぼくはお説教をした。

北海道のカボチャはおいしい、ときめてかかることはない。いちばんいいのは、カボチャをたべて、「へえ、こいつはうまいや」「北海道のSさんが送ってくださったカボチャなの」「ふうん、北海道のカボチャかあ」といったたぐいではないか。

ところが、世の中には、北海道のカボチャがうまいときめてかかって、だから、そのカボチャを、おいしがってたべたりするひともいる。いや、そういうひとのほうがおおい。

だけど、そんなたべかたは、コトバをたべておいしがってるので、ほんとに、うまいのかどうか？

もっとも、ほんとに、うまいのかどうかなんて考えることじたいが、ナンセンスだと言われるかもしれない。

カツレツとコロッケ

ロサンゼルスからのかえりに、となりの席にいたひとが、機内食のなかのものを、ナイフとホークでつっつきながら、「これ、なんだろう?」と悩んでいた。茶褐色の幅はひろいが、べろーん、とうすっぺらなものだ。それで、ぼくはよけいな口をはさんだ。

「カットレットじゃないですか。ニホン語だとカツレツ」

「カットレットとわかってますが、この肉は……なんの肉か……?」

「さあ……」とぼくも首をひねった。今、研究社の英和辞典を見ると、cutlet は(焼いたりフライにしたりするための羊や子牛の)うすい切身、(これを卵とパン粉にまぶして揚げた)カツレツ、また、(鶏のひき肉やえびなどで作った)カツレツ型のコロッケ、となっていた。

この機内食のカツレツは、カツレツの主流の羊肉《マトン》だったのかもしれない。でも、ニホンでは、牛肉《ビーフ》カツレツがおおく、たまには豚肉《ポーク》カツレツがあった。豚カツは、豚肉《ポーク》カツレツからきたのだろうが、うすく切った肉というカットレットのもともとのかたちではないので、名前だけでなく、料理そのものもニホンふうかな。

ポーク・カットレットは、西ベルリンの「キング・チャーリイ」というバーで、よくたべた。ここは、れいのベルリンの壁のチャーリイの検門所（チェック・ポイント）の近くで、すぐうしろが、ベルリンの壁だった。ここのポーク・カットレットもやや厚めで、それが、一コではなく、五コぐらい皿にはいっており、二コたべるのがやっとだった。しかも、豚脂《ラード》で揚げてあり、かなりこってりしたものだ。

今では、カツレツは懐しいコトバになってしまった。カツレツというコトバも知らないひとがおおいだろう。しかし、ぼくが子供のころは、豚カツのほうが新しいコトバだったのではないか。

〽のばせばのびるカツレツの肉……という流行歌の文句があった。これにつづいて、〽のばしてのびない高利貸の取立てみたいな歌詞だったのかもしれないが、わからない。

安いカツレツは、うすく切った肉を、そのうえ、たたいて、たたいて、肉のかたちを大きく見せかけたのだろう。だから、あんまり肉がうすくて、目の前にもってくると、むこう側が透いて見える、なんてわるくちも言った。

ぼくたちが子供のころには、一銭カツというのがあった。一銭は一円の百分の一だ。みじかい串に、なんの肉だかしらないが、まことにちっちゃな肉がふたつか三つさしてある。よくもまあ、こんなにちいさな肉に串がとおったものだと感心するぐらいちっこい肉だ。こいつに水にとかした小麦粉をくっつけ、パン粉をまぶせて、油で揚げる。肉はちいさいが、小麦粉はだらんとエプロンのようにぶらさがり、つまりは、小麦粉の揚げたのをたべてるようなものだ。揚げたての一銭カツをソースに、じゅっ、とつけてたべる。子供のぼくはなかなかおいしかった。もっとも、お好焼をお粗末にしたような一銭洋食とおなじで、大人がたべるものではない。

ついでだが、小麦粉のことを、前はメリケン粉と言った。メリケンはアメリカンの日本語訛り、ないしは、もうニホン語だろう。

メリケン粉の英語が flour だということを、戦後、米軍の炊事場《キチン》ではたらきだしたとき、ぼくははじめて知った。こんなに日常的に、よくつかわれる言葉が、中学の英語の教科書にも、また旧制高校の英語のテキストにもでてこないのは、ふしぎなことだ。いや、そういう言葉はたくさんあるにちがいない。

さて、flour だが、この言葉を口にするたびに、花のフラワーが頭にひっかかり、どうも発音しにくかった。

メリケン粉は小麦粉になり、淡谷のり子さんの有名な歌「別れのブルース」のなかの〽窓をあければ　港が見える　メリケン波止場の　灯が見える　の横浜の名物メリケン波止場も、戦後はサウス・ピア、南桟橋、大桟橋とよび名がかわった。神戸にもメリケン波止場があったけど、今では、どんな名前だろう。

はなしがカツレツにもどるが、カツレツは豚カツみたいに、もとは外来語でも、まるっきり日本語化されたものだとおもってたら、cutlet のニホン語訛りだと気がついたけど、それも、戦後、米軍の炊事場《キチン》ではたらきだし、メニューを見てからだった。

一銭カツも消えてしまったが、競輪場の売店には、これがのこってるところがある。競輪場には、あれこれ、昔ふうのふしぎなたべものがある。

競輪場の自転車がはしるところは、バンクという。この bank は、英和辞典によると、土手、堤、坂、斜面、岸、川岸などと訳語がならんでるが、地面がちょいと高くなってるところも bank だし、翻訳しにくい言葉だった。

それが競輪場みたいにバンクでつうじると、翻訳者はどんなにらくかわからない。ただし、はじめは、原語の発音を、ニホン語の仮名にうつしとっただけだったのが、ニホン語としてひとりあるきをはじめ、まるでちがった意味になることが、しばしばある。

カツレツはほとんどなくなったが、コロッケは、今でものこっている。ぼくは、材料のじゃがいもをあまりつぶさず、ちいさなかたまりもあり、ひき肉もざらざらのコロッケが好きだ。だから、じゃがいもをすりつぶし、そのうえ、裏漉《うらごし》したりするクリーム・コロッケやカニ・コロッケなどは、あまり好きではない。

コロッケの英語はcroquetteで、英和辞典では、これとならんで、croquetがある。クローケーは、芝生の上に、ちいさな鉄の六つの柱門をたて、木づちで球をたたいて、この柱門をくぐらせる球戯だ。

これに似た球戯を、旅行をすると、あちこちで見かけるようになった。ただし、東京では見たことはない。これをやってるのは、ほとんど老人たちで、モンペをはいたおばあさんなどもいる。ひろい場所がいらないので、各地でやるようになったのだろう。

こまかなルールなどはしらないけど、これとクローケーのちがいは、芝生の上でやるか、ふつうの地面の上でやるかだ。これはゲート・ボールというようだが、こんな英語は辞典にはのっておらず、和製英語らしい。これの特許あらそって、みたいなことが、新聞にでていた。どこかの県で特許（？）をとったら、熊本県がこちらがさきだ、と言いだしたとか……。芝生の上でないだけのクローケーとそっくりのものにも、特許（？）なんてことがあるのだろうか。

コロッケの croquette のフランス語の綴りもおなじで、手もとの英語辞典を見ると、なぜか複数形になっており、そのドイツ語は Kroketten だ。これが、コロッケのことかどうかはわからないが、ともかく、もとはフランス語ではないのだろうか。

コロッケはニホンでは、かなり前から、都会ではめずらしいものではなかったらしい。たとえば、「コロッケの唄」というのもある。

〽ワイフ貰ってうれしかったが　いつも出て来るおかずは　コロッケ　コロッケ

益田太郎冠者という財閥の息子さんの作詞だそうで、大正六年の作とも、大正九年に帝劇の喜劇で女優がこれをうたったのがさいしょとも、歌謡史によってちがう。

ま、こんなふうに、だいぶ前から、コロッケは、ニホンではふつうのたべものになっていた。

ところが、アメリカでは、コロッケらしいものは見たこともなく、croquette という名前の本家らしいフランスでも、ぼくはパリにすこしいただけだが、やはり目にはつかなかった。パリに十なん年かいた義兄のエカキ野見山暁治も知らないという。

しかし、去年の夏、西ベルリンの屋台で、コロッケに似たものがあり、さっそく、買ってたべてみたが、じゃがいもばかりで、肉ははいってなく、おいしいものではなかった。

ベルリン大学にいる友人に、コロッケのことをきくと、南ドイツのほうには、コロッケみたいなものがあるようだ、とあまりはっきりしない返事だった。

フランスでも、家庭料理では、コロッケを、ちょいちょい、つくってるかもしれない。ただ、そんな家庭料理は、外国人《エトランゼ》はあまり見ることがない。

外来語の原語はおなじでも、日本語の発音がちがうことがある。たとえば、テニスではボレー、バレー・ボールではバレーだ。

噺家の柳亭小燕枝《りゅうていこえんし》さんの奥さんのポーラが、このあいだ、ロスと言ってたのがおかしかった。ロサンゼルスをちぢめて、ニホン人はロスというけど、あちらでは、L《エル》・A《エー》だ。ポーラもとうとう、あちらのひとからこちらのひとになってしまったのか。

ドイツ車のメルセデス・ベンツのことを、ニホンではちぢめてベンツというけど、あちらでは、ちぢめるときはメルセデスらしい。

翻訳のとき、よくでてくる英語で、いつもこまる英語がある。ホールという言葉だ。ホールという日本語は、洋風の広間のような感じがある。どこかのホテルのホールで大きなパーティーがあるとか、昔はダンス・ホールというのもあり、岩波ホールやガス・ホール、ヤマハ・ホールなど、映画の試写などをやるところもあり、ホール試写なんて言葉もある。

ところが、翻訳のときでてくるホールは、家の入口、玄関、または廊下だったりすることがおおい。ホールが、ただの廊下のときは、まだ訳しやすいが、玄関という訳は、あんまり日本家屋ふうで気がひけるし、家の入口もこまる。

アメ横うろうろ

終戦後、ぼくは、上野で易者をやっていたことがある。たいへんに当たらない易者で、そのことでは自信があった。

上野の街のあちこちで、易者の商売をしたが、アメ屋横丁でも、ときどきつけた。

そのころのアメ屋横丁は、上野ぜんたいがそうだったけど、たいへんに、いわゆる活気のあるところで、夕方など、ひとがもみあうような雑踏だった。

おそらく、東京のなかでも、いちばんニンゲンのおおいところではなかっただろうか。ということは、ニッポンでもいちばんってことになる。

だから、チャリンコもあらわれた。チャリンコという言葉も今では忘れられているが、子供のスリのことだ。

アメ屋横丁の雑踏のなかをチャリンコがあるき、そのあとから、戦後めずらしかった婦警さんがつけていく。婦警さんも私服だが、まだ娘らしい顔つきがのこり、モンペみたいなズボンのお尻がまるかった。

そのころは、アメ屋横丁は、スルメなんかの食料品を売ってる店がおもで、米軍のPXにならんでるような品をおいた店がでてきたのは、すこしあとのことだ。

上野の街のひとや、夕方、上野で買物をしてかえっていくようなひとのほかは、アメ屋横丁といえば、こういう外国製品を売ってる店のイメージが強いのではないか。

せまい通路をはさんだちいさな店で、指輪や万年筆、ハンドバッグ、キャンデー、パイプ、といろんなものがならんでいて、ぼくみたいな買物ぎらいでも、なにか買ってみたい気になる。

パイやスパゲティにかける、れいのからいホット・ペパー、タバスコが手にはいりにくいころは、ぼくも、ときどき、アメ屋横丁に買いにいった。

外国旅行にいくひとが、まだすくなくて、ドルの持出しにも、かなり制限のあったころ、大阪のあるお金持ちの奥さんが外国にいったとき、みんなにおみやげを買ってくるほど、ドルがもてなくて、アメ屋横丁で外国のおみやげを買って、大阪にかえったことがあった。

三、四日前、ぼくはアメ屋横丁にでかけ、女物の黄金《きん》色の小銭入れを買った。金網《メッシュ》になっている小銭入れで、なかの小銭が見える。

その夜、飲みながら、あちこちで見せてあるき、女たちは、「まあ、かわいい」と欲しがり、ぼくは得意だった。

こんなものを発見できるのがうれしくて、みんな、アメ屋横丁にいくのだろう。ついでだが、これを、あるおしゃれなマダムに見せたところ、「それはコイン入れじゃないわ。旅行のときに、はめてない指輪なんかをいれておくものよ」とわらわれた。

指輪など一コももってないぼくに、旅行中、しかも予備の指輪をいれておくおサイフ的なものなど必要ない（考えてみたら、うちのカミさんも、指輪なんか一コももってない。オモチャていどの指輪すらないというのは、ぼくの家の生活水準は、かなりひくいのか）。

しかし、もともと、飲みにいって女たちに見せびらかすために買ったんだから（値段も、五百六十円だし）その目的ははたしたわけだ。

アメ屋横丁でゴルフ用品の店が目立ちだしたのは、いつごろからだろうか。国鉄の線路の下になるあたりには、そういった店がおおい。

また、若い男のコむきに、米軍の野戦服なども、アメ屋横丁のあちこちで売っており、名物になったこともあった。

それに、モデル・ガンの店も評判だったが、今ではそんなに目立つというほどではない。

アメ横（アメ屋横丁の略）にも、いろんな時代の流行があったのだろう。

アメ横のガードをくぐったすぐむこうに、ちいさな中華料理店（昇竜とかいった）で、表の通りにまで、ずらっとひとがならんでいた。値段を見ると、やたら安いというわけでもない。ということは、格別に味がいいのか。前はおいしいラーメン屋の前に列ができるというところもあったけど、めずらしい。

上野駅に近いほうの、サカナやタラコなど、食料品を売ってる店は、あいかわらず、かけ声も威勢がいい。

それに、若い男のコたちが、たくさんはたらいているのも、おや、とおもった。アメ屋横丁に店があるひとたちの二世だろうか。

戦後は、国鉄の線路の外側のほうに、ボンシャン（シャボンを逆にしたもの）横丁というのがあって、あちこち道路で、石油缶で石けんをつくっていた。この横丁のそのころ、ぼくがたべにいってた外食券食堂は、どうなっただろう。

ともかく、アメ屋横丁にきたんだから、そのあたりの店で飲む。オバさんがひとりでやってる店で、ひとり娘にこの店をゆずると言うんだけど、娘はいらない、とことわった、とはなしていた。

グチめいた口調ではなく、ちいさな店だが常連さんもいて、いくらか収入になるのに、娘は娘の考えがあるのね、とオバさんはわらった。

アメ横も、せまい通路にむかいあってならんだ店のようすは変わらなくても、それぞれの店の名前が、ならべた品物の上にぶらさがってるのがおかしかった。

昔は、どこの店も名前がなく、だから、あれを売っていたあの店にいこうとおもっても、迷路のような通路で道にまよい、まごまごし、それが、またもどかしく、たのしかった。

俗な言いかただが、アメ屋横丁は、まことにニンゲンくさいところだ。

この日も、アメ横にひとりで買物にきていた三十歳ぐらいの女性と、ぼくはアクセサリーがならんだ店先で口をきくようになり、ニンゲンくさい夜になった。

魚の棚

明石の魚《うお》の棚《たな》に、毎日のように買物にいった。魚の棚は市場だ。昔懐しいような市場で、ぼくはすっかり気にいった。タイやハマチなどが魚屋の店さきで、ぴんぴんはねている。そのほか、カレイやエビ、飯《いい》ダコなんかも、みんな活きている。

どこの町にいっても、ぼくは市場を見てあるく。関西でも、ほそ長い路地の京都の錦の市場、大阪では有名な黒門の市場、有名ではないが、ひとがごったがえし、やたらに活気があった築港近くの八幡屋《やはたや》の市場など、あちこちの市場にいった。ところが、去年、八幡屋の市場にいってみると、市場そのものがちいさくなり、買物客もうんとへっていた。黒門市場もいやにしずかだ。これはどういうことだろう。

神戸の湊川市場は店もたくさんあり、てきとうに客も混み、あかるい感じだ。これが、もっとあかるく、つるつるの舗道になると、もう市場ではなくマーケット。

だが、タイがぴんぴんはねてるような市場は、明石の魚の棚ぐらいだろう。魚の棚という地名もおもしろい。

あちこちの市場にいって、たいへんに残念なのは、わらわれるかもしれないが、見てあるくだけで、買物ができないことだ。旅行中に買物をしても、もてあます。また、ぼくはひどい買物オンチで、女房や娘からも、ぜったいになにも買っちゃダメ、と言われている。だから、外国にいっても、なにひとつおみやげは買わない。

大阪の築港の近くの八幡屋の市場であれこれ買物をしたのを、懐しくおもいだすが、市場のそばのヌード劇場にでていて、酒のサカナを買ってきたのだ。毎日、楽屋で大酒盛りで、買物もたくさんした。

魚の棚へは、じつはマリのお供でいった。マリとは最近知り合った。ぼくみたいなオジンといっしょにあそんでくれるような女のコだから、気持ちのやさしいコだが、変わったコでもある。

明石の魚の棚には、マリとバスでいく。バスにのっている時間は十六、七分。料金は百六十円。バスでは、ぼくが窓ぎわの席だ。母親といっしょのちいさな男の子が、さっさと窓ぎわの席にすわるみたいに、オジンのぼくは甘ったれている。

こんど、さいしょに魚の棚にいったときは、シタビラメを買った。一盛四匹か五匹で五百円。マリのアパートの近所のスーパーでは、一匹が四百円だ。だから、ずいぶん安い。それに活きがよく、天ぷらにしてたべたが、熱い身が、ほかっと舌にのり、おいしかった。

それに飯ダコ一盛五百円。飯ダコのお尻をつっつくと、にょろにょろうごく。そのほか、蓮根などの野菜を買う。この蓮根が煮付けても天ぷらにしても、東京の蓮根にはない味だった。

このとき魚の棚はすごく混んでいて、ひととひととのあいだをすりぬけてあるき、やっとバス通りまででたら、むこうから、魚釣りのかえりらしいおとうさんと坊やがきたので、「海までは遠いですか」ときくと、「海までは五、六分、この道をまっすぐ……」とおとうさんが短くした釣竿でゆびさした。

海はほんとに近くて、くびれていりこんだ港内に漁船がずらっとならんでいる。大きな漁船ではない。堤防に直径六、七センチの白いひらったい貝殻が二枚あわせで紐にとおして干してあり、その貝殻に赤い字で㋐とかいてあった。なんのための貝殻だろう、とマリとはなしてると、漁師のオジさんが漁船から堤防にあがってきて、飯ダコをとる貝だ、とおしえてくれた。

この貝殻を海の底にしずめておくと、まず、雄の飯ダコがやってきて、貝殻のなかにはいる。そして、あとから雌のタコがくると、交替して雌が貝殻のなかにはいり、雄のタコは貝殻の外で見張りをするのだそうだ。

タコ壺は見たことがあるが、これはタコ貝殻か。しかし、このタコ貝殻を漁船にひきあげるとき、貝殻の外で見張りをしていた雄ダコはどうするのか。とりのこされてしまうのか、カアちゃんの一大事というわけで、貝殻にとびのって、いっしょにあげられるのか。

漁師のオジさんは、マリが魚の棚で買った飯ダコを見て、あ、これはなんとかだと言い、堤防から自分の船におりていき、ぼくたちのより、ずっと大きな飯ダコを二匹もってきた。ほら、ここに、こんなにぎっしり飯《いい》（卵）が、とタコの頭のあたりを指でおさえている。タコはオジさんの指に吸いつき、すこし血がにじんだ。

オジさんの船のよこに、おなじような漁船が一隻ならんでおり、これは息子ふたりの船だ、とオジさんは言った。一年ほどまえに、オジさんは会社を停年退職し、息子たちと漁をしてるらしい。こういう停年退職後は、はじめてきいた。なーに、息子たちを手伝ってるだけですよ、とオジさんはけんそんしていたが、飯ダコ漁や、きょうはサワラを三本釣ったそうだ。一日に二十本ぐらいサワラを釣ることもあるという。

オジさんはタダで飯ダコをくれた。その飯ダコを炊いて（煮て）たべると、口のなかにぱあっと飯《いい》の粒がとびだしてひろがるようだった。

翌日は、やはりバスで舞子《まいこ》の浜へ。波打ぎわの岩の上をあるき、六角堂にいった。神戸華僑の大豪商呉錦堂《ごきんどう》があかるい風景の舞子の浜にたてた別荘で、移情閣という名だが、いまは中国革命の父孫文の孫中山《そんちゅうざん》記念館になっている。じつは、この建物の本館は八角形なんだけど、土地のひとたちはなぜか六角堂とよんでいる。

記念館の入場料は二百円。孫文の書を見ると、ほほえましくなる。いかにもきちょうめんな書生っぽい字だ。大成円熟したひとの字みたいには見えない。革命家にふさわしい字かもしれない。サンフランシスコの中国街の入口にもある、右書きの天下為公。ほかは革命、博愛。くずしたりしたところのない、きちんとした字で、くりかえすが書生っぽい。

八角形の六角堂の大きくあけはなした窓のすぐ外の海もよかった。まんまえに淡路島が大きく見える。おとなりの朝霧駅のほうにバスが坂道をくだっていくとき、通りのすぐむこうの裏山みたいな山が、ひょっこりあらわれ、「あれ、こんなところに山があったのかな」とおもったりしたが、それは淡路島の山だった。明石海峡の海が、なにかにさえぎられて見えなかったためだが、それほど、このあたりでは淡路島が近く、目の前に見える。

この日も、かえりに明石の魚の棚により、カワハギ五匹を四百円で買った。それに朝摘みイチゴ二パック二百五十円。魚はとれたての昼網、イチゴは朝摘み。

マリは銀色のちいさなイカナゴを一キロ二百五十円で買い、イカナゴの釘煮をつくった。イカナゴの釘煮はこのあたりの名物だが、一年のうちいまごろしかつくらない。まだちいさなイカナゴでないと、大味になるらしい。古釘をいれて煮るのかとおもったら、煮たイカナゴのかたちが釘に似てるのだそうだ。

そのまた翌日も、魚の棚でタイ七匹で五百円。魚の棚の市場のなかのちいさな食堂に、明石名物玉子焼と書いてあるのはタコ焼で、タコ焼の発祥地は大阪ではなく明石だ、とマリは言うのだが。

味噌・醬油そしてマヨネーズ

オーストラリアとニュージーランドにいて、かえってきたばかりだ。毎年、四か月ぐらいは外国の町にいる。べつに用はない。ひとつかふたつの町にじーっといて、昼間はバスにのり、夜は、ビールとワインに地酒の強い蒸留酒か（たとえばアムステルダムならジェネバ）ジンを飲んでいる。そして、できればホテルでなく、家具・台所つきの部屋にいる。

オーストラリアのメルバン（メルボルン）では、セントキルダのビーチのそばの部屋にいたが、日本食料品店にいくのがめんどくさく、近所のスーパーで中国の醬油を買ってきた。そして、それでニホンふうの煮魚をつくったが、どうも味がおかしい。中国料理店でも煮魚はでる。それには中国の醬油をつかってるはずだけど、べつにへんな味ではない。おいしくたべている。ところが、日本料理に中国の醬油をつかうと、おかしな味で、これはおもしろい。ニホンの醬油を買いにいき、魚を煮なおした。魚はレザージャケット。革のジャケット。カワハギだ。英語でも似たような名前がついてるのがおかしい。

ニホンの醬油は、わりと手にはいりやすい。そしてアジア食料品店ならば、たいてい豆腐は売ってるが、これも中国の豆腐は味がちがうし、湯豆腐や、まして冷奴ってわけにはいかない。だからさがして、MORINAGA の豆腐を買う。これはいつまでも保存がきく。

ニホンの味噌は醬油よりも手にはいりにくい。でも、味噌なしでは、それこそニホンの味にはならない。また味噌汁はワインにもあっていて、ぼくがビールからワインにきりかえると、いつも味噌汁がでてきた。料理係のパートナーが気をつかってるのだ。

外国の町で、ニホンの味として買ってくるものは醬油、味噌、だしの素なんかのほかに、なんだとおもいます？　これは、外国の町でニホンふうの料理をしたひとでないとわからない。

なんとマヨネーズなのだ。外国のマヨネーズはかなりへんな味がする。すこし甘いようなのか、口にあわない。それで、わざわざ値段の高いニホンのマヨネーズを遠いところまで買いにいく。

外国の町で料理をする方は、マナイタとお玉杓子をもっていくこと。お皿や台所用品はちゃんとそろったところでも、このふたつはない。味噌汁はスープ皿にいれてもいいが、このふたつがないと、どうにもならない。

コーヒー

ここのところ、うちでは煎茶を飲んでいる。新宿ゴールデン街の「プーサン」で煎茶をもらってきたのだ。両手でかかえるほどの大きな袋の煎茶だ。

「プーサン」は、新宿・花園のもとの青線のころからの店なんか以外では、いちばん古いほうのバーだろう。週刊誌の連中などがよくいっていた「お和」もなくなった。「プーサン」にはU字形の大きなカウンターがあり、それをかこみ、ギターの伴奏でうたう。歌がじょうずなひとがおおい。

お茶屋さんの店さきで、煎茶をつくってると、ほんとうにいいにおいがする。ところが、山陰の米子《よなご》にいったら、お茶屋さんで抹茶をつくっていて、これまた、いいにおいがした。抹茶も、やはり挽きたてのほうが、かおりがいいそうだ。だから、米子の町のひとは(山陰のこのあたり、たぶん松江のほうのひとも)挽きたての抹茶をすこしずつ買ってきて、日常に飲むらしい。

しかし、コーヒー挽きは、なんで四角なのだろう? うちには、義兄の画家の野見山暁治がパリで買ってきた、かなり年代物のコーヒー挽きがある。たいていのひとが、これを股のあいだにはさんで、上についたハンドルをガリガリまわす。

いや、コーヒー挽きは四角な箱型で、あれでは股のあいだにはさみにくいし、股も痛いにちがいない。コーヒー挽きは、コーヒーが挽ければいいのであって、四角な箱型でなければいけないわけはあるまい。だったら、股にはさみやすいかたちに変えればいいではないか。これは大発見だ。ここに書いたりしないで、股はさみに便利なコーヒー挽きをつくり、特許をとれば、ぼくは金持ちになるかもしれない。

うちの上の娘は、コーヒー豆をなん種類か選んで買ってきて、コーヒー挽きを股のあいだにはさんでガリガリやり……そこまではいいのだが、アイス・コーヒーにして飲む。真冬でもだ。あれは、どうなってるんだろう。

神戸港のいちばんにぎやかな大桟橋、中突堤《なかとってい》には、ちいさな飲食店などがならんでたが（もう、なくなったかな）そのなかのちいさな喫茶店に、コーヒ、という看板がでていた。関西弁では、コーヒーは、コーヒになるもんなあ。

冷《れい》コ（アイス・コーヒー）という言葉も関西からはじまった。ついでだが、紅茶は、色もにおいも、西洋の煎茶だな。

カウンター

新宿ゴールデン街の飲屋にいくと、「泪橋」の原作者の村松友視さん、脚本の唐十郎さんに黒木和雄監督がせまいカウンターにならんでいた。村松さんはこの映画の脚本もやっている。三人は映画「泪橋」をつくる相談のあと飲んでたらしい。

ぼくはこの三人にはそれぞれ親しい気持ちをもっており、その三人がいっしょになって映画をつくるのがおかしくて、ついわるくちを言った。村松友視さんと黒木和雄監督はこまった顔になり、唐十郎さんはがっくりし厚い背中しか見えなかったが、おこったのだろう。唐十郎さんはおこるのが唐さんらしく、黒木和雄監督はこまった顔が似合うひとだ。

村松友視さんは前に雑誌『海』の編集をしていて、唐十郎さんに小説を書かせた。ぼくもおなじで、『海』に小説を書かせてもらい、それで谷崎潤一郎賞までもらった。

唐十郎さんとは、ときどき新宿ゴールデン街あたりであったりするけれど、あんまりはなしはしない。でも、ぼくはへんに親しい気持ちをもっていて、わるくちを言ったりした。やはりわるくちはいけない。あやまります。

黒木和雄監督の映画「日本の悪霊」の伊香保ロケのときは、新宿ゴールデン街で飲んでる連中がわんさか出かけていった。ぼくもセリフのない張込みの刑事になったりした。新宿ゴールデン街という名が、まだ世間に知られてないころだ。黒木監督の「竜馬暗殺」もゴールデン街の連中があれこれからんでいる。

さて、この映画「泪橋」だが、運河があって、あんまりきれいではないが海の水が満ちてきて、カモメがとんで、とそれだけでぼくはほろほろになっちまう。また、羽田のあたりというのが、タバコ屋でゴールデンバットを売ってたり、みょうにニンゲンくさいところだ。それに、へえ、こんなところが鈴ヶ森かとおもうけど、いってみると古びてるが、権威なんてことからはズッコケたものがあって、おかしい。ズッコケ場所の映画かな。

おくれております

新宿・歌舞伎町の飲屋で飲んでると、「ただ今、タナカ・コミマサさんが、いそいで、こちらにむかっております」という声がきこえ、びっくりした。

その飲屋のカウンターの奥に小型テレビがあり、そう言ったのは、テレビの司会者だった。素人喉自慢みたいな番組で、生放送だ。ぼくはこの番組にでる約束をしたのに、すっかり忘れていた。

番組は、もう半分以上すすんでいて、「タナカ・コミマサさんが、おくれておりますが、間もなく、このスタジオにつくでしょう」みたいなことを、司会者はくりかえしてたらしい。

ぼくがこの飲屋にはいっていったとき、飲屋のおかみさんが、「あれ⁉」みたいな顔をしたが、近ごろでは、テレビはたいてい録画だから、前に録画したものだとおもったらしい。

それはともかく、新宿のその飲屋から、すぐとびだし、タクシーでスタジオにかけつけても、もう番組はおわってるころだ。

テレビのひとたちはおこってるだろうが、ぼくはあきらめて、飲みつづけた。今さら、どうしようもない。

ところが、テレビの画面を見ながら、飲んでるうちに、毛糸のキャップをかぶったぼくが、スタジオにはしってきて、ふうふう息をきらして、禿げ頭の汗をタオルでふいており……というのは、もちろんウソで、ぼくはこの飲屋で飲んでるんだから、スタジオにあらわれるわけがない。

「タナカ・コミマサさんは、とうとう間にあいませんでした。まことに、あいすみません」とテレビの司会者はあやまっていたが、ぼくはなんとも言えない気持ちだった。

おいしい水道の水

北海道にいくときは、たいてい、まっすぐ釧路にきてしまう。さいしょに北海道にいったとき、東京の品川埠頭から大雪山丸《たいせつさん》にのって釧路にきたのがくせになったのだろうか。大雪山丸は積荷のつごうで一日出発がおくれ、食事はでないが、船室で寝ていきなさい、と船の事務長さんが言ってくれた。

釧路駅前市場。和商市場で秋鮭（まえは秋アジと言っていたんじゃないかなあ）、根若布《ねわかめ》、公魚《わかさぎ》、海鞘《ほや》などを見て、これからの旅なので買えないのをざんねんにおもいながら、そのむこうの食堂にいき、同行《パートナー》のマリと磯チャンポンと豚丼を注文した。

こういう豚丼は北海道にしかない。さいしょに豚丼をたべたのは帯広だった。豚丼というから、牛丼の牛が豚にのりかわったのかとおもったら、鰻《うな》丼ふうだった。

磯チャンポンは鍋みたいに大きな丼に、エビ、イカ、帆立貝、カニ、鮭もはいっていて、ちりレンゲもふつうの四倍ぐらいあった。こんなでかいレンゲは、はじめて見た。そのことを、あとでマリにはなすと、「へえ、そんなにレンゲが大きかった？」

とうたがっている。ふつうのでかさではなく、あんなにドドーでかいレンゲが、マリの目にははいらなかったのか。

食堂を出て、釧路駅のほうにあるきだすと、駅ビルがぼんやりしていた。霧がかかってるのだ。駅ビルの姿がかくれるほどの霧ではない。でも、うっすらぼんやりしている。

アメリカ西海岸に二か月ばかりいてかえってきて、すぐ北海道にきたのだが、そんな旅づかれみたいなことが関係あるのかないのか、釧路駅ビルにうすい白い紗の布《きれ》でもかけたように見える霧に、センチメンタルな気持ちになる。

釧路から川湯へ各駅停車の二両連結のディーゼル車。釧路駅のまわりも霧。釧路川をわたるとき、川に舫《もや》った漁船の帆柱にも霧。湿原ははるかに霧にけぶっていて、眠っていて夢でも見てるようだ。

ちいさな駅にとまると、むこうのホームに子犬がよちよちはしってきた。古びた、草がおいしげったようなホームだ。すると、もう一匹、子犬っぽくからだのまるまっちいのが、ころぶようにしてあらわれた。ホームから一本ほそい道が奥にのびている。そのさきに家があり、白い、ちいさな母親犬がちらっと見えた。子犬二匹はディーゼル車をむかえにでてきたようでもない。プラットホームをあそび場にしてるのか。なん日かして、こちらにかえってくるとき、ディーゼル車の窓におでこをくっつけるようにして、この駅をさがしたが、見つからなかった。

川湯駅から川湯温泉までバスにのる。料金二百二十円。もう夕方で、このバスは車庫入りだったのだが、その途中まで、終点からマリとぼくをのせてくれた。ホテルに近いようにと……。

川湯温泉にくるのは、はじめてだ。ホテルからあるいてすぐのところに、ぱらぱら飲屋やスナックがある。ホテル代も飲代も安い。このあと、知床半島のウトロに泊ったが、ここはわりと高かった。

炉ばた焼「むかい」で、ほっけを焼いてもらう。つぶ貝のたれづけ焼き。野菜サラダは、レタス、トマト、アスパラ、きゅうりのほかにカマボコとゆで卵の輪切りもはいっていた。魚のすり身の天ぷら。

こんど、アメリカ西海岸のサンディエゴで魚のすり身を買ってきて、味噌汁にいれた。外国の魚屋ですり身を買ったのは、はじめてだ。魚のすり身のことを、フィッシュ・ケーキという。ケーキには一定形に圧縮した固《かた》まりという意味もあるのを、おもいだした。魚のすり身は一定形でも固まりでも、圧縮してもいないが、やはりケーキなんだなあ。

スナック「クラウン」にうつる。ぽりぽりとコンニャクと鳥肉の煮たのをたべながら、サッポロビールの生と酎ハイ。川湯の町の通りで、大きな笊《ざる》にはいったぽりぽりをえりわけているのを、なんどか見かけた。ぽりぽりは白っぽいキノコ。とりはじめだったらしい。ぽりぽりという名は北海道だけだそうだ。ぼくははじめてきいた。

このスナック「クラウン」で、ほかの客がこないうちに、カラオケで「浅草の唄」と「梅と兵隊」をうたう。「浅草の唄」はサトウ・ハチローの作詩で〽強いばかりが男じゃないと、という歌をごぞんじの方もあろうとおもう。

しかし、「梅と兵隊」はあまり知られていない。「麦と兵隊」がヒットしたので、つくったのだろう。この「梅と兵隊」のカラオケがあるのは、川湯温泉のこのスナックと、神戸の古い花町福原のバーぐらいか。

北海道は水道の水がおいしいが川湯の水道の水はつめたく、とくべつおいしかった。水源は摩周湖で裏摩周からひいてくる自然水だとか。

ホテルをでて、川湯バスターミナルにぶらぶらあるいていく。前夜あちこちで飲んだあたりをよこぎる道だ。川湯駅にいくバスは発車まですこし時間があるので、バスのなかにバッグをおいて、あたりを散歩する。

神社があって、横綱大鵬の銅像がある。大鵬はこのあたりの出身なのだろうか。神社の境内に四本柱の高い屋根の土俵もあった。

神社の近くにゆでタマゴのにおいがする川が流れていた。たいした川幅ではないが、水量はたっぷり。川の水がきれいに澄んでいる。東京に住んでると、水が透きとおった川など、なかなか見られない。だから、うれしくなって川面をのぞきこんでいた。川の両側にこんもりしげった草。ゆでタマゴのにおいは温泉の硫黄のにおいだろう。川の床が白い。酸化した硫黄なのか。川床はなめらかそうだが、いくらか波をうちウエーブしていて、いまはもう見れなくなった、よくつかった洗濯板のようでもある。

川湯駅への道はまっすぐな一本道。バスの右手のひろい畑のむこうの山の中腹から白い煙が山肌にそうようにたちのぼっている。ひと筋の煙ではない。そんな煙がいくつか、からみあってるのもある。温泉の白い煙なのだろう。こんなのを、どこかで見た。九州の九重山あたりか。あそこは目の前に山がそそりたっていたが、ここは、のんびりむこうに山がつらなっている。

バスの左手に牧場。牛がいる。襟裳《えりも》岬にいったとき、バスの窓から、背はひくいが、がっしりしたからだつきの馬が見え、「いままでは、ニホン全国、馬は競走馬ぐらいになってしまった。けど、北海道にはな、こういう馬もいるんだ」と同行の女のコに威張っておしえてやったら、「コミ、あれは牛よ」と言われた。

ディーゼル車が川湯駅をでてしばらくはしると、木立のなかにはいった。トンネルをとおり、また、ディーゼル車の両側の窓とも、木に木がかさなる。

たいらな林のあいだをいくのではなく、ディーゼル車の両側ともにちいさな崖みたいになっていて、その崖には木がはえており、ディーゼル車のよこに小高くなってる崖の木の枝は、ざわざわと屋根をなでるようでもある。

ディーゼル車は木々のあいだをもぐってすすんでいる。木の名前はわからないが、かなりたくさんの種類の木があるようだ。そんなに大木はなく、雑多な木が、ディーゼル車の窓のすぐ前に、そして、木々のむこうにまた木々が……。

木々のなかにとっぷりひたりきっている。ディーゼル車がごっとんごっとん、のろいのもいい。

木々のあいだがきれて、すこし視界がひらけてくる。馬鈴薯《ばれいしょ》畑はきれいに掘りとられ、地面もならされている。そして畑の一隅に馬鈴薯がつみあげられて山になっていた。こうやってたくさんの馬鈴薯が山になってると、一コ一コのときとちがった、うっすら赤みをおびたかがやきがにじみでる。北海道では馬鈴薯というよび名がのこってるみたいだったが、こんどは、じゃがいもが、よく耳にはいった。スナックや飲屋でだす「じゃがバター」もそうだし。

ディーゼル車が、ただ木々のあいだをいき、つみあげられた馬鈴薯がうっすら赤く見えて、けっしてほわっとうきあがるような気持ちでもなく、かといって沈みこむのでもない……ただ、かるいあくびもでそうな、もう古い言葉になったアンニュイめいたものか。

マリは北海道にいったらトウモロコシを、と意気ごんでいたが、このあと、ウトロや網走に泊り、釧路にひきかえし、根室にもいったけど、マリはトウモロコシをたべただろうか。トウモロコシがない季節だったようだ。

バスが斜里《しゃり》の町をでてからの、ほんとにまっすぐのびている道は、さすが北海道だとおもう。こんどはじめて、あれがビートだ、と斜里の近くでおそわった。マリはビートがなんだか知らなかった。

網走では網走湖のそばのホテルに泊った。テレビのニュースで網走湖にアオツコがでたと言っており、湖面に模様をえがいて水を濁《にご》している赤潮を青くしたようなものを、ホテルの部屋の窓から見おろして、あれがアオツコなのかな、とはなしたりした。

ホテルの前から美幌までバスにのった。女満別《めまんべつ》のあたりから、黄金《きん》色の稲の穂がはろばろとつづいていた。ほんとに黄金の穂波が、はてもなくうねっていた。

美幌駅前の「君の名は」の映画ロケの記念碑。ラジオで「君の名は」の時間がくると、銭湯の女風呂がガラガラになった、と言われたものだが。釧路でも根室でも、なぜか町のお風呂屋にいったなあ。

オタマジャクシと花見

「花見にいこう」岩田先輩が言った。

「いこう、いこう！」

ぼくはパチパチと手でもたたいたのではないか。ぼくはネアカなんてものではない。頭からしてあかるく、光っている。しかも二十歳をこしてすぐ、あかるく、まぶしい頭になった。それどころか、生まれたときに頭が光っていた。竹取物語みたいなものだ。ぼくが生まれたとき、父も頭が光っていた。オヤジも若禿げだった。

父親の頭がつるつる、生まれた男の子も毛がなくて、頭がまぶしい。それで、父と赤ん坊のぼくのことを、親子電灯、とみんなわいわい、わるくちを言った。ひとつの電球のなかに大きな電球と小型電球があって、電球にぶらさがった紐をひっぱると、パチンと親電球から子電球にきりかわる。

赤ん坊のときから、ぼくはあかるかったが、あかるいだけではない。あかるいうえに、バカみたいで、かるーくて、とそれをミックスして、ばかるーい、とある女のコに言われた。近ごろいっしょにあそんでる女のコだ。

オジイになっても、はんぶんの年齢どころか、三分の一の歳以下の女のコに、ばかるーい、とあきれられてるぐらいだから、「花見にいこう！」と手をたたいたとき、ぼくはフラッシュにチョウチンをつけたみたいにあかるかった。昭和二十五年の春、ぼくは二十五歳だった。

ココロや精神があかるいだけでなく、ついでに腹のなかまであかるい。これはこまったことで、腹もあかるく風とおしがよく、からっぽだった。金がなかったのだ。

この年の春、ぼくは北陸からかえってきた。まる一年間、テキヤの子分で北陸をうろついていて、あげくは、福井県の大野というところで雪にとじこめられ、商売《バイ》にもならず、メシもろくに食ってなくて、もちろん東京にかえる汽車賃なんかもなかった。

その汽車賃を岩田先輩が送ってくれ、やっと、ぼくは東京にもどってきた。岩田先輩のおかあさんが送ってきた大学の授業料を、ぼくの汽車賃に岩田先輩は送ってくれたのだ。

そのため、岩田先輩は授業料がはらえず、東大文学部をクビになった。それはともかく、ぼくは東京にかえってきて、岩田先輩は歓迎会をひらいてくれ、毎日焼酎を飲んだ。それだって、岩田先輩はあちこちで借りれるところは借り、たいへんな無理をしていたのだろう。

そのころ、岩田先輩は国鉄西荻窪駅の近くの福岡県の学生寮におり、ぼくはそこに居候していた。

そしてその日、岩田先輩は「花見にいこう」とニコニコ言った。腹はへってる。金はない。「しかし、金はなくても、花見はできるぜ」岩田先輩もあかるい男だ。

ほんと、なにはなくても、春はきた。陽はうららとのびやかで、あかるい日ざしがいっぱいだ。寒さにちぢこまってることもない。

しかし、花見の酒を買う金はない。それで、寮のオバさんから、ウイスキーの空壜を借り、番茶をつめてもらった。

透明な空壜だから、番茶がウイスキーみたいに見える。後年、上野で野坂昭如さんやお花の安達曈子さんなんかと花見をしたときは、「長屋の花見」ってことで、タクワンをカマボコのかわりに切っていった。

このときは、タクワンもない。番茶のウイスキーの壜をもち、岩田先輩と、あるいて善福寺の池にいった。まだ善福寺の池が整備されてないころで、武蔵野のおもかげがある池のまわりに、これまたあかるく、かるく、のんびりと桜の花が咲いていた。

岩田先輩とぼくは、池のなかからオタマジャクシをすくい、ウイスキーの罎のなかにいれた。「あれ、ウイスキーのなかでも、オタマジャクシは生きてるんですか？」ほかの花見客がびっくりし、「まあ一杯……」と花見のゴザによんでくれて……ばかるーい！

お茶を売ってる夢

昨夜、なん度もおなじ夢を見た。もっとも、はっきりしない夢で、ある部屋の両隅に、ぼくが立っていた。つまりぼくはふたりいるらしい。

そこは、部屋といっても天井はないようで、床も、どうだったかぼけている。ふたりのぼくが立っている両隅とか足もとみたいなものはあったから、どこかの部屋、とぼくはおもったのかもしれない。

両隅のぼくは、ぼくのようだけど、顔はわからない。どうも、うしろをむいて、隅にへばりついたみたいな恰好でいるらしい。

両隅のぼくは白いYシャツのようなものを着て、長いズボンをはいていた。靴はわからない。くりかえすが、足もと、といえるものはあった。

これは、絵で言うならば、後景（そんな言葉があるかどうかしらないが）で、前景のほうはぼけてるけども、下は吹抜けみたいになってたようだ。

というのは、夢で見えるぼくは、両隅のぼくふたりだが、ほかにもぼくがいて、このふたりは、中継者みたいなのだ。

ほかのぼくの位置みたいなものもわからないけど、ひとりは、このふたりよりは上のほうではないか。

そのぼくが、なにか言ってるのを、両隅のぼくが上中継して、絵の枠組みからいうと下のほうにいるらしい、またべつのぼくにメッセージとして送ってるのだろう。

だが、両隅のぼくは、言葉は発しないし、うしろをむいたままなので、上のぼくが言ってることを（これも、コトバかどうかわからない。また意味もはっきりしたものではないかもしれないが、夢を見ていたときには、なにか直接わかってたような気がした）こちらに背中をむけたまま、そのメッセージを、くしゃくしゃと手でまるめて、下にほおっていたような感じでもある。くりかえすが、そんなことが、はっきり見えたわけではない。

また、上のぼくと、両隅のぼくを中継にして、メッセージをうけとっているらしいぼくの（きこえない）声のひびきには、あきらかに上のぼくのとはちがいがあって、それがメッセージがちがって伝わったのをくりかえしてるということではなく、夢からさめて、ぼくはおもしろかった。もっとも、どうおもしろかったかは、今になっては、わからない。

それに、ぼくが夢で見た両隅にいたふたりも、ぼくは顔をみたわけではなく、姿も、その周囲もいいかげんなもので、それがぼくだったかどうかはわからない。ということは、上のぼくとか、下のぼくとかというのもわからないわけだ。

昨夜は、この夢のくりかえしのあいだに、きれぎれに眠った。ほんとにきれぎれの眠りで、へたをすると、二、三分の眠りだったのではないか。

じつは、一昨夜も昨夜も、酒が飲めなかった。こんなことは何年ぶりだろう。熱もあり、腹や胸、背中などが痛んだのだ。ぼくは、ほとほと頭にきて、I'm tired off and tired out. とつぶやいたりした。うんざりして、それに疲れちまった、ぐらいの意味だろうか。なんでこんなとき英語をつかうのよ、と女。この言葉は、前に、いっぺん、なにかで書いたことがあるみたいだ。たぶん、ぼくの好きな言葉なのだろう。

十日から二十日ぐらい前のあいだに、やはり、おなじ夢をなん度も見た。ぼくがお茶を売ってる夢だ。

お茶といっても、お茶の葉でなく、つまりぼくは、駅のプラットホームのお茶売りのオジさんみたいにお茶を売ってるらしい。

この夢には、人物はぜんぜんでてこない。また、お茶もない。ただ、アルミニウムの側面のようなものは、この夢で見た気がする。

しかし、それが、駅のホームのお茶売りのオジさんが押してあるいてるような、お茶がはいったアルミニウムの容器だというのは、たぶん夢からさめたあとのつけ足しだろう。

ただ、夢のなかで、ぼくはお茶を売っている。ぼくの姿も見えず、お茶を売るぼくの声もきこえないが、ぼくはお茶を売っている。

このおなじ夢を、なん度か見たあと、ぼくは、ああ、これは設定なんだな、と気がついた。ぼくがお茶を売っている、という設定の夢を見たのだ（ま、設定ぐらいがいいところで、観念なんてのは大げさすぎるだろう）。

ぼくは、夢は見るものだとおもっていた。これは、夢を見る、というニホン語のせいもあるかもしれない。

しかし、見ない夢だって、たくさんあるらしい。何日かつづけて見たこの夢もぼくがお茶を売っているという設定ははっきりしてるが、ぼくの姿もお茶も、そんなものは、なにも夢にはあらわれてこない。

いや、夢というのは、設定の要素がたぶんにあるのかもしれない。自分はいったいなにをやってるんだろうとか、自分はいったいどこにいるんだろう、なんてことは、いかにも夢的だが実際には、そんな夢はないのではないか。

もしあったとしても、自分はなにをやってるのだろうとか、いったい自分はどこにいるのだろう、という夢のなかの設定ではないのか。

ほんとに、自分はなにをしてるのだろう、なんて気持ちは、それこそ夢からさめたようなときの気持ちではないか。

両隅にぼくが立っていた夢も、なにかの設定だったのだろう。ただ、どういう設定なのかは、おもいだせない。

しかし、ぼくがお茶を売ってる夢という設定はおもいだしても、これも、なぜ、ぼくがお茶を売ってる設定なのかはわからない。どうして、そんな設定がでてくるのだろう。おそらく無意味な設定にちがいないが、どこから、そんな無意味な設定がでてくるのか。

あまり読んでないので、よけいな口をきくことになるが、いわゆる純文学というのには、わりと夢がでてくるのではないか。それも、夢が主題みたいになってるのがめずらしくない。

純文学でないものは、夢がでてきても、英雄が、一夜、飛龍を夢見て、なんて夢がさめたあとのことにつながっていく。つまり、夢は、夢がさめて、目をあけてるときに従属し、家来になってるようなのがおおい。

その点、純文学は夢を解放してくれたといえるだろうか。

これは、大よけいなことだが、純文学でないものは、なんだろう。純というのは、不純にたいする言葉だから不純文学か。

すると、ぼくなんかが書いてるのは不純文学ってことになる。たとえ不純という字はついていても、文学ってのは面映ゆいが、不純文学とはうれしいねえ。

すこし前に、贋物《フォニィ》論争とかいうのがあったそうだけど、ぼくなんぞは、フォニイとよばれるところまでもいかない。フィッシイ（うさんくさい）のほうだから、不純文学というのは、かなりありがたい言葉だ。

しかし、まてよ、不純というのは、まじり気があるということで、その小説を読んでダメになるなんてのも、不純かもしれない。たとえば、ある小説を読んで、ばりばり金もうけをする気になったとかさ。または、会社経営の参考になるとか……。そんなふうなら、こちらのは、不純文学ともいえない。

くりかえすが、お茶を売ってる夢は、お茶を売ってるぼくの姿も、買ってる相手も、お茶をのっけたクルマも、なんにも見えないので、どこでお茶を売ってるのかもわからないが、無声映画の字幕みたいに、ぼくはお茶を売っている、とそんなにはっきりした設定がでてるわけでもなく、やはり夢か。

解説

角田光代

田中小実昌さんは、頭にぴったりフィットした毛糸の帽子がトレードマークで、東京にいるときは、毎日毎日映画の試写を見にいくことで有名だった。九〇年代、私も、町で数回、コミさんと偶然会ったことがあるが、これから試写を見にいくんだとコミさんはいつも言っていた。私は二十三歳のとき、コミさんが選考委員をつとめる新人文学賞でデビューしたものの、そうそう小説の依頼があるわけではなく、ひまだった。だから平日の昼間に町をうろうろしていて、同じく平日の昼間に町を歩いているコミさんとばったり会うわけだが、きっとコミさんは何かの仕事で試写を見にいっているんだろうと二十代の私は思っていた。いい大人が、毎日毎日、ただ映画を見にいっているだけだとは思わなかったのだ。

でも、そうではなかった。コミさんは毎日毎日、ただ映画を見にいっていたのである。二十代のときに、そんなふうな「いい大人」がいると知ったことは、私というものを形成するさまざまなもののなかで、ささやかながら堅い礎になっているように思う。あの若き日々に、コミさんと出会っていなければ、私は今と違う価値観を持った大人になっていたのではないか。それがどういう価値観でどういう大人なのかわからないけれど、たぶん、そっちの自分を私は好きではない。

この『ほろよい味の旅』を読むことは、昼間に町をうろついているいい大人と、ばったり出くわすようなことだ。ああ、こういう人がいるんだなあとしみじみ実感するようなことだ。

日記のように綴られる本書によると、コミさんは毎日酒を飲む。家では夜の七時半ごろから十二時過ぎまで「えんえんと飲んでいる」。ビールではじまり、ワインに移行し、風呂に入って、ジンに切り替える。テレビの前に座っているが、テレビを見ているわけでもない。

ワインは山梨から取り寄せているワインで、さらさら飲めるのがいいと、くり返しくり返し書かれている。このワインが気に入って、百本も注文しては飲んでいる。娘たちも同じように飲むが、コミさん曰く、いっしょに飲んでいるのではなくて、同じテーブルで向かい合って、「それぞれ、かってに飲んでる」。

外でも飲む。浅草のいきつけの店、新宿は歌舞伎町、ゴールデン街のなん十軒ものの店々、半径五、六十メートルくらいをくるくるまわって飲み続けている。

旅先でも飲む。夏の暑いときと冬の寒いとき、アメリカやオーストラリアやドイツにいって、ホテルではなく家具付きの部屋を借り、昼はバスに乗り、夜はビールにワイン、その土地の酒を飲む。ひとり旅のときもあれば、女の子といっしょのときもある。

あれ、めずらしいなと思ったのは、本書には食べものもたくさん登場するところ。私が知らないだけかもしれないけれど、コミさんがこんなふうに、どこそこで何を食べた、何がおいしいとこまかく書いているのはあまり読んだことがなかった。それでも、強いこだわりのある食通っぽくないところが、読んでいてすがすがしい。飛驒の、蜂の子とニンジンの新芽のおひたし、広島の、小イワシの刺身と煮つけ。英語名レザージャケット、カワハギ。庭で作る福岡の野菜、かつお菜。横浜中華街の粥、サンフランシスコの粥。韓国のタコの刺身にスペインの鰻の稚魚。おいしさのこまかい説明はなく、あくまでさりげなく書かれているのに、読むと忘れがたい。食べたことのない旅先の料理が、おいしかったなあとなつかしく思い出されるようだ。昼は決まって立ち食いそばというのもいい。毎日試写を見にいって、その試写と試写の合間にさっと食べるから、立ち食いのそば。このそばだっておいしそうだ。

田中家の食卓の描写も多い。コミさんの著作に「鮟鱇の足」という、少しばかり不気味な短編小説があって、他家の食卓というものの謎めいた奥深さを感じさせるが、ここに描かれる田中家の食卓も、私にとってはものすごく変わっている。コミさんはきっちり七時半に、元は作業台だった大きなテーブルに腰掛けて晩酌をはじめる。テーブルにはほうれん草のおひたしが載っている。それからポテト・サラダが出てきて、明太子が出てきて、茶碗蒸しが出てきて、ちりめんじゃこの佃煮が出てきて、それらを食べたコミさんはお風呂に入る。お風呂から上がるとおでんが出てきて、それからスパニッシュ・オムレツが出てくる。こんなにえんえんと、作るほうもたいへんだし、風呂を挟んで食事が続くというのもものすごく奇妙だ。

夏の日に、はいていた半ズボンを脱ぎ、パンツも脱ぎ、タオル一枚を敷いてすっぽんぽんでコミさんは酒を飲み、そのかたわらで、やっぱりまっぱだかの幼い娘二人が駆けまわり、それを見た妻が「あら、あら、親子はだか大会ね」と言った、と書かれているが、そんな光景も異様である。

いや、奇妙だとか異様だとか感じるのは、私の偏見によるものだ。酒は寝るまで飲んでいてもいいが、夕食は、せいぜい一時間か二時間ですませるもの、途中で風呂になど入らないですませるもの、服を着て着席してすませるもの、と決めてかかっているからだ。いい大人が平日の昼間に映画の試写を見にいくのは、仕事が関係しているからだと決めつけてかかっていたのと同じこと。

コミさんは、その人となりでも小説でも、本書のようなエッセイでも、私たちの常識をきちんとこなごなにする。人は、常識とはなんの関係もないし、私たちの暮らす日々もまた、常識の外にある、ということを見せてくれる。その都度、私たちははっとする。しかしだからといってコミさんは、常識となんの関わりも持たずにいることに得意になっていないし、ほかの人にもそうするべきだと諭したりはしない。本書のなかの「ワインに茶碗蒸し」には、こんなふうに書かれている。

「自分の好きな温度で、ワインは飲めばいい。また、肉料理には赤ワイン、魚料理には白ワインときめてかかることもあるまい。もっとも、肉料理にはかならず赤ワインで、赤ワインは冷やしてはいけない、なんて規則が好きな人は、規則で飲めばいい。規則でワインがおいしければ、それでもけっこうではないか。」

常識のなかで暮らす必要はないけれど、常識のなかで暮らすことが心地よくて安心ならば、それでいいではないか。そうも言ってくれる。私たちは私たちに合う暮らしかたや生きかたを見つけて、そのようにすればいいいし、それが合わなくなれば、すっぱり変えてしまえばいい。コミさんが見せてくれる自由は、本当にどこまでものびやかで広い。もっとも、生きかたなんて言葉も、自由なんて言葉も、コミさんは嫌っただろうと思う。そんな大げさな言葉は本書には出てこない。でももちろん、ほかの言葉が思い浮かばなくて、生きかただの自由だのという言葉を使いたいならどうぞ、とも、コミさんは言うだろう。そこで私は、考えてしまう。私は深く考えずに、かんたんで楽な言葉に飛びついていないか。その言葉から多くの人が抱く、正体のないイメージのようなものに、頼っていないか。

本書のように、エッセイには、コミさんは難しいことを書かない。私たちは、いっぷう変わった「いい大人」の日常や旅や、食べもの飲みもののことを、へええ、と思いながら読んだり、びっくりしながら読んだり、笑いながら読んだり、風景や味を思い浮かべたり味わったりすればいい。でもなぜか、ふと、考えさせられる。読み進めているうちに、これもまた大げさな言葉だけれど、哲学書を読んでいるような気持ちになったりもする。

「コトバをたべる」という章の、「コトバを食っちゃいけないよ」というコミさんのせりふに、びっくりする。びっくりして、しみじみと考える。何気なく使っていた自分の言葉を思い出して、反省したりする。反省を促されているわけではないけれど、無自覚に言葉を使っていた自分が、恥ずかしくなってくるのだ。

コミさんの旅もまた、旅という概念をきちんと壊してくれる。アイルランドや西ベルリンで、ホテルではなくアパートを借りて、日中は、目的もなく、いき先のわからないバスに乗り続けている。夜は食堂やアパートの部屋で飲み続ける。こんな旅を、ずっと続けている。私はこういう旅の仕方を知ってから、いつか私もそんなふうに旅したいと長年思っているのだが、いざやろうとすると、なかなかできない。いき先のわからないバスに乗るのがこわいのだ。それに、目的もないどこかにいく、ということもこわい。自分のなかに根づいた旅の常識の、その強固さにあらためて気づかされる。どこをも目指さないコミさんは、バスに乗り、光景のなかを旅し、時間のなかを旅し、言葉のなかを旅している。コミさんのような旅はできないくせに、読みながら、ああ旅はいいなあと思っている。旅の醍醐味を味わっている。

コミさんは二〇〇〇年に、旅先のロサンゼルスで亡くなった。訃報を聞いたとき、かなしみと驚きのなかに、コミさんらしいと思う気持ちもあった。毛糸の帽子をかぶったコミさんにばったり会うことはもうできないけれど、コミさんの書いたものを読むことで、平日の昼日中の町で、コミさんに今もばったり会える。昼間に町をうろつく「いい大人」は、常識を疑って、「ねばならない」を抜け出て、わかったふりなんてしないで、好きなものを好きなように食べて飲んで、いちばん自分が楽でいられる日々を得ればいいと、言葉ではなく、ひょうひょうとした姿勢で今も伝えてくれる。

（かくた・みつよ　作家）

編集付記

一、本書は『ほろよい味の旅』（毎日新聞社、一九八八年五月刊）を底本とし、文庫化したものである。文庫化にあたり、新たに解説を収録した。

一、底本中、明らかな誤植と考えられる箇所は訂正し、難読と思われる語には新たにルビを付した。ただし、本文中の運賃や地名などは刊行当時のままである。

一、本文中、今日の人権意識に照らして不適切な語句や表現が見受けられるが、著者が故人であること、執筆当時の時代背景と作品の文化的価値に鑑みて、底本のままとした。

JASRAC 出 2100078-101

中公文庫

ほろよい味《あじ》の旅《たび》

2021年2月25日　初版発行

著　者　田《た》中《なか》小《こ》実《み》昌《まさ》

発行者　松田陽三

発行所　中央公論新社
〒100-8152　東京都千代田区大手町1-7-1
電話　販売 03-5299-1730　編集 03-5299-1890
URL http://www.chuko.co.jp/

ＤＴＰ　平面惑星
印　刷　三晃印刷
製　本　小泉製本

Published by CHUOKORON-SHINSHA, INC.
Printed in Japan　ISBN978-4-12-207030-1 C1195

中公文庫既刊より

各書目の下段の数字はＩＳＢＮコードです。978－4－12が省略してあります。

た-24-3
ほのぼの路線バスの旅
田中小実昌
バスが大好き――。路線バスで東京を出発して東海道を西へ、山陽道をぬけて鹿児島まで。コミさんのノスタルジック・ジャーニー。〈巻末エッセイ〉戌井昭人
206870-4

よ-17-9
酒中日記
吉行淳之介編
吉行淳之介、北杜夫、開高健、安岡章太郎、瀬戸内晴美、遠藤周作、阿川弘之、結城昌治、近藤啓太郎、生島治郎、水上勉他――作家の酒席をのぞき見る。
204507-1

よ-17-10
また酒中日記
吉行淳之介編
銀座や赤坂、六本木で飲む仲間との語らい酒、先輩たちと飲む昔を懐かしむ酒――文人たちの酒にまつわる出来事や思いを綴った酒気漂う珠玉のエッセイ集。
204600-9

よ-17-12
贋食物誌《にせしょくもつし》
吉行淳之介
たべものを話の枕にして、豊富な人生経験を自在に語る、洒脱なエッセイ集。本文と絶妙なコントラストを描く山藤章二のイラスト一〇一点を併録する。
205405-9

あ-11-7
少年と空腹　貧乏食の自叙伝
赤瀬川原平
日本中が貧乏だった少年時代、空腹を抱えて何でもかんでも食べ物にした思い出。おかしくせつなく懐かしい、美食の対極をゆく食味随筆。〈解説〉久住昌之
206293-1

あ-13-4
お早く御乗車ねがいます
阿川　弘之
にせ車掌体験記、日米汽車くらべなど、日本のみならず世界中の鉄道に詳しい著者が昭和三三年に刊行した鉄道エッセイ集が初の文庫化。〈解説〉関川夏央
205537-7

あ-13-5
空旅・船旅・汽車の旅
阿川　弘之
鉄道のみならず、自動車・飛行機・船と、乗り物全般に並々ならぬ好奇心を燃やす著者。高度成長期前夜の交通文化が生き生きとした筆致で甦る。〈解説〉関川夏央
206053-1

あ-13-6
食味風々録
阿川弘之
生まれて初めて食べたチーズ、向田邦子との美味談義、海軍時代の食事話など、多彩な料理と交友を綴る、自叙伝的食随筆。〈巻末対談〉阿川佐和子〈解説〉奥本大三郎
206156-9

あ-13-7
乗りもの紳士録
阿川弘之
鉄道・自動車・飛行機・船。乗りもの博愛主義の著者が、車内で船上で、作家たちとの楽しい旅のエピソードを、ユーモアたっぷりに綴る。〈解説〉関川夏央
206396-9

あ-13-8
完全版 南蛮阿房列車（上）
阿川弘之
北杜夫ら珍友・奇人を道連れに、異国の鉄道を乗りまくる。ユーモアと臨場感が満載の鉄道紀行。上巻は「欧州畸人特急」から「最終オリエント急行」までの十篇。
206519-2

あ-13-9
完全版 南蛮阿房列車（下）
阿川弘之
ただ汽車に乗るためだけに、世界の隅々まで出かけた紀行文学の名作。下巻は「カンガルー阿房列車」から「ピラミッド阿房列車」までの十篇。〈解説〉関川夏央
206520-8

う-9-4
御馳走帖
内田百閒《ひゃっけん》
朝はミルク、昼はもり蕎麦、夜は山海の珍味に舌鼓をうつ百閒先生の、窮乏時代から知友との会食まで食味の楽しみを綴った名随筆。〈解説〉平山三郎
202693-3

う-9-6
一病息災
内田百閒
持病の発作に恐々としつつも医者の目を盗み麦酒をがぶがぶ……。ご存知百閒先生が、己の病、身体、健康について飄々と綴った随筆を集成したアンソロジー。
204220-9

う-9-11
大貧帳
内田百閒
お金はなくても腹の底はいつも福福である――質屋、借金、原稿料……飄然としたなかに笑いが滲みでる。百鬼園先生独特の諧謔に彩られた貧乏美学エッセイ。
206469-0

う-30-1
「酒」と作家たち
浦西和彦編
『酒』誌に掲載された川端康成ら作家との酒縁を綴った三十八本の名エッセイを収録。酌み交わし、飲み明かした昭和の作家たちの素顔。〈解説〉浦西和彦
205645-9

各書目の下段の数字はＩＳＢＮコードです。978－4－12が省略してあります。

う-30-2
私の酒『酒』と作家たちⅡ
浦西和彦編
『酒』誌に寄せられた、作家による酒にまつわるエッセイ四十九本を収録。酒の上での失敗や酒友と過ごした時間、そして別れを綴る。〈解説〉浦西和彦
206316-7

う-30-3
文士の食卓
浦西和彦編
甘いものに目がなかった漱石、いちどきにうどん八杯を平らげた「食欲の鬼」子規。共に食卓を囲んだ家族、友人、弟子たちが綴る文豪たちの食の風景。
206538-3

お-2-10
ゴルフ酒旅
大岡昇平
獅子文六、石原慎太郎ら文士とのゴルフ、一年におよぶ米欧旅行の見聞……。多忙な作家の執筆の合間には、いつも「ゴルフ、酒、旅」があった。〈解説〉宮田毬栄
206224-5

か-2-7
小説家のメニュー
開高健
ベトナムの戦場でネズミを食い、ブリュッセルの郊外の食堂でチョコレートに驚愕。味の魔力に取り憑かれた作家による世界美味紀行。〈解説〉大岡玲
204251-3

く-25-1
酒味酒菜
草野心平
海と山の酒菜に、野バラのサンドウィッチ……。詩作のかたわら居酒屋を開き、酒の肴を調理してきた著者による、野性味あふれる食随筆。〈解説〉高山なおみ
206480-5

さ-71-1
東京煮込み横丁評判記
坂崎重盛
浅草、赤羽、立石のディープな酒場から銀座、神楽坂まで。うまい煮込みを出す店と、そんな店がある町を不良隠居が飲み歩く。巻末に吉田類との対談を付す。
206208-5

し-31-6
食味歳時記
獅子文六
ひと月ごとに旬の美味を取り上げ、その魅力を一年分綴る表題作ほか、ユーモアとエスプリを効かせた食談を収める、食いしん坊作家の名篇。〈解説〉遠藤哲夫
206248-1

し-31-7
私の食べ歩き
獅子文六
日本で、そしてフランス滞在で磨きをかけた食の感性と、美味への探求心。「食の神髄は惣菜にあり」との境地を綴る食味随筆の傑作。〈解説〉高崎俊夫
206288-7

せ-9-1
寝台急行「昭和」行
関川夏央
寝台列車やローカル線、路面電車に揺られ、懐かしい場所、過ぎ去ったあの頃へ。昭和の残照に思いを馳せ、含羞を帯びつつ鉄道趣味を語る、大人の時間旅行。
206207-8

せ-9-2
汽車旅放浪記
関川夏央
『坊っちゃん』『雪国』『点と線』……。近代文学の舞台となった路線に乗り、名シーンを追体験する。鉄道と文学の魅惑の関係をさぐる、時間旅行エッセイ。
206305-1

た-13-10
新・東海道五十三次
武田泰淳
妻の運転でたどった五十三次の風景は――。自作解説「東海道五十三次クルマ哲学」、武田花の随筆「うちの車と私」を収録した増補新版。〈解説〉高瀬善夫
206659-5

た-28-17
夜の一ぱい
田辺聖子
浦西和彦編
友と、夫と、重ねた杯の数々……。四十余年の長きに亘る酒とのつき合いを綴った、五十五本のエッセイを収録、酩酊必至のオリジナル文庫。〈解説〉浦西和彦
205890-3

た-33-9
食客旅行
玉村豊男
香港の妖しい衛生鍋、激辛トムヤムクンの至福、干しダコとエーゲ海の黄昏など、旅の楽しみイコール食の愉しみだと喝破する著者の世界食べ歩き紀行。
202689-6

た-33-23
おいしいものは田舎にある 日本ふーど記
玉村豊男
個性的な味を訪ねる旅エッセイ。鹿児島、讃岐、さらには秋田日本海へ。風土と歴史が生み出す郷土食はどう形成されたのか。『日本ふーど記』を改題。
206351-8

た-34-4
漂蕩の自由
檀一雄
韓国から台湾へ。リスボンからパリへ。マラケシュで迷路をさまよい、ニューヨークの木賃宿で安酒を流し込む。「老ヒッピー」こと檀一雄による檀流放浪記。
204249-0

た-34-5
檀流クッキング
檀一雄
この地上で、私は買い出しほど好きな仕事はない――という著者は、人も知る文壇随一の名コック。世界中の材料を豪快に生かした傑作92種を紹介する。
204094-6

各書目の下段の数字はISBNコードです。978-4-12が省略してあります。

た-34-6 **美味放浪記** 檀 一雄

著者は美味を求めて放浪し、その土地の人々の知恵と努力を食べる。私達の食生活がいかにひ弱でマンネリ化しているかを痛感せずにはおかぬ剛毅な書。

204356-5

た-34-7 **わが百味真髄** 檀 一雄

四季三六五日、美味を求めて旅し、実践的料理学に生きた著者が、東西の味くらべはもちろん、その作法と奥義も公開する味覚百態。〈解説〉檀 太郎

204644-3

た-43-2 **詩人の旅** 増補新版 田村 隆一

荒地の詩人はウイスキーを道連れに各地に旅立った。北海道から沖縄まで十二の紀行と「ぼくのひとり旅論」を収める〈ニホン酔夢行〉。〈解説〉長谷川郁夫

206790-5

ふ-2-8 **言わなければよかったのに日記** 深沢 七郎

小説「楢山節考」でデビューした著者が、武田泰淳、正宗白鳥ら畏敬する作家との交流を綴る文壇日記。巻末に武田百合子との対談を付す。〈解説〉尾辻克彦

206443-0

ふ-2-9 **書かなければよかったのに日記** 深沢 七郎

ロングセラー『言わなければよかったのに日記』の姉妹編（『流浪の手記』改題）。飄々とした独特の味わいとユーモアがにじむエッセイ集。〈解説〉戌井昭人

206674-8

よ-5-8 **汽車旅の酒** 吉田 健一

旅をこよなく愛する文士が美酒と美食を求めて、金沢へ、そして各地へ。ユーモアに満ち、ダンディズムが光る汽車旅エッセイを初集成。〈解説〉長谷川郁夫

206080-7

よ-5-10 **舌鼓ところどころ／私の食物誌** 吉田 健一

グルマン吉田健一の名を広く知らしめた「舌鼓ところどころ」、全国各地の旨いものを紹介する「私の食物誌」。著者の二大食味随筆を一冊にした待望の決定版。

206409-6

よ-5-11 **酒 談 義** 吉田 健一

少しばかり飲むというの程つまらないことはない——。飲み方から各種酒の味、思い出の酒場まで、ユーモラスに綴る究極の酒エッセイ集。文庫オリジナル。

206397-6